LA MEJOR ELECCIÓN

AMANDA CINELLI

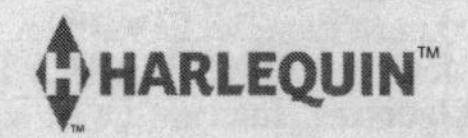

Editado por Harlequin Ibérica.
Una división de HarperCollins Ibérica, S.A.
Núñez de Balboa, 56
28001 Madrid

La mejor elección, n.º 2524 - 8.2.17
Título original: The Secret to Marrying Marchesi
Publicada originalmente por Mills & Boon®, Ltd., Londres.

I.S.B.N.: 978-84-687-9131-9
Depósito legal: M-41058-2016
Impresión en CPI (Barcelona)
Fecha impresion para Argentina: 7.8.17
Distribuidor exclusivo para España: LOGISTA
Distribuidores para México: CODIPLYRSA y Despacho Flores
Distribuidores para Argentina: Interior, DGP, S.A. Alvarado 2118.
Cap. Fed./Buenos Aires y Gran Buenos Aires, VACCARO HNOS.

Capítulo 1

LA ESTABAN siguiendo. No había lugar a dudas. Nicole agarró con fuerza el manillar de la sillita de paseo y apretó el paso. El mismo Jeep negro había pasado a su lado ya tres veces mientras ella daba su paseo matutino por el pueblo. En su interior había dos hombres con gafas oscuras, que no conseguían ocultar el hecho de que la atención de ambos estaba completamente centrada en ella. Cuando el vehículo aminoró la marcha para seguirla a poca velocidad y a corta distancia, Nicole sintió que el terror se apoderaba de ella. Había llegado el momento de dejarse llevar por el pánico.

El sendero empedrado que conducía a su granja aún estaba muy resbaladizo por la ligera llovizna de abril. Las bailarinas que llevaba puestas se deslizaban por la piedra. Le costaba respirar por el esfuerzo. Un grito de alegría resonó entre las mantas rosadas mientras la sillita rebotaba y se meneaba sobre las piedras. Nicole se obligó a sonreír a su hija, tratando de echar mano a una tranquilidad interior que no estaba segura de poseer. Ya casi estaban en casa. Cerraría la puerta con llave y ya no habría peligro alguno.

Después de tomar la última curva del sendero que conducía a La Petite, se detuvo en seco. La verja estaba llena de vehículos y muchos más se encontraban aparcados a lo largo del sendero. Había una docena de personas con cámaras colgando del cuello. Nicole escuchó un zumbido en los oídos que sin duda indicaba que la tensión se le había puesto por las nubes.

La habían encontrado.

Reaccionó con rapidez. Se quitó la ligera chaqueta que llevaba puesta y la colocó sobre la capota de la sillita. Los hombres no tardaron en arremolinarse en torno a ella. Las cámaras comenzaron a disparar. Ella mantuvo la cabeza baja mientras trataba de seguir avanzando. Cuanto más lo intentaban, más parecían aquellos desconocidos cortar el paso. Aparentemente, el hecho de que hubiera un bebé por medio no parecía suponer diferencia alguna para que aquellos paparazzi respetaran su espacio personal. Un hombre dio un paso al frente y le cortó el paso directamente.

–Vamos, una foto del bebé, señorita Duvalle –le dijo con una desagradable sonrisa–. Ha conseguido ocultarlo bien, ¿eh?

Nicole se mordió el labio inferior. La clave era guardar silencio. No darles nada y rezar para que se marcharan. De repente, el claxon de un coche resonó a sus espaldas. El Jeep negro apareció detrás de ella y comenzó a abrirse paso entre la multitud y obligó a los fotógrafos a dispersarse. Nicole aprovechó la distracción y apretó el paso.

Pareció que tardaba una eternidad en lograr franquear la verja de su casa. No podían atravesarla sin infringir la ley, pero Nicole no era tan ingenua como para pensar que había escapado de ellos. No volvería a tener intimidad. Aquel pensamiento le provocó un nudo en la garganta.

Se resistió a mirar por encima del hombro y se concentró en sacar las llaves del bolso con manos temblorosas. Cuando por fin estuvo en el interior de su casa, echó el cerrojo y tomó a Anna en brazos. El aroma cálido de su hija la tranquilizó, dándole un breve momento de alivio. El sol entraba a raudales por la ventana y llenaba la estancia de luz y alegría. Los resplandecientes ojos azules de Anna la miraban con alegría, totalmente ajeno a la situación en la que se encontraban.

Necesitaba descubrir lo que estaba pasando. Inmediatamente. Con delicadeza, colocó a la pequeña sobre una manta llena de juguetes y se puso a ello. No era tarea fácil arrancar el viejo ordenador que había en la granja. Una de sus primeras resoluciones al mudarse desde Londres a la campiña francesa había sido deshacerse de su *smartphone* y dejar de mirar las noticias relacionadas con el mundo del espectáculo. Por supuesto, tenía un teléfono para emergencias, pero se trataba de uno antiguo, que solo podía realizar y recibir llamadas. No necesitaba más.

Pareció tardar horas en escribir unas pocas palabras en el buscador. Inmediatamente, deseó no haberlo hecho.

¡Descubierto el hijo secreto del multimillonario Marchesi!

Al ver aquellas palabras escritas en blanco y negro sobre la polvorienta pantalla, sintió que se le helaba la sangre. Leyó rápidamente algunas líneas de la entrevista antes de apartarse de la pantalla con asco. ¿Iba a ser siempre su vida un sórdido entretenimiento para las masas? Se mordió los labios y se agarró la cabeza entre las manos. No iba a llorar.

Aquello no podía haberle ocurrido allí. El pequeño pueblo de L'Annique había sido su santuario desde hacía más de un año. Se había enamorado de sus amables vecinos y de la tranquilidad que allí reinaba. Al contrario que en Londres, donde su nombre era sinónimo de escándalo, allí se había sentido libre para criar a su hija en paz. Desgraciadamente, la tranquilidad de aquel pueblo se vería perturbada por los ecos de su antigua vida.

Había invertido cada penique de la venta de su casa de Londres en procurarse un nuevo comienzo. Si tenía que volver a huir se quedaría en la bancarrota. Si huía, la seguirían. De eso estaba segura. Ella no tenía el poder que hacía falta para proteger a su hija de los medios.

Solo había una persona que lo tenía. Sin embargo, el

hombre en el que estaba pensando no trataba con los cotilleos de la prensa sensacionalista. Rigo Marchesi ni siquiera pensaría en intentar ayudarla. Le sorprendía que los medios se hubieran atrevido a enojarle por el poder que tenía su apellido. Por suerte para él, contaba con un equipo de Relaciones Públicas que se harían cargo del asunto. Nicole volvería a quedarse sola una vez más.

Apartó las cortinas para mirar al exterior. Frunció el ceño al ver que los hombres seguían apostados al otro lado de la verja. Por suerte, habían llegado dos coches de policía y habían empezado a dispersarlos.

Un segundo Jeep negro se había reunido con el primero, este último con cristales tintados. Un puñado de hombres con trajes oscuros salieron y comenzaron a avanzar por la calle.

Nicole sintió que la respiración se le aceleraba peligrosamente hasta que se le entrecortó cuando vio al último hombre que descendía del Jeep. Era alto. Llevaba un elegante traje y gafas oscuras. Cuando él se volvió por fin para mirarla, Nicole se mordió el labio. El tiempo pareció detenerse hasta que el hombre se quitó las gafas. Entonces, ella dejó escapar un suspiro de alivio.

No era él.

Durante un instante, había pensado que... Bueno, no importaba. En aquellos momentos, aquel hombre alto se dirigía hacia su puerta.

Nicole tragó saliva y fue a abrir la puerta, aunque no quitó la cadena para poder observar al imponente desconocido con seguridad. No tardó en comprobar que le resultaba vagamente familiar.

–¿Señorita Duvalle? –le preguntó el hombre con un fuerte acento italiano–. Me llamo Alberto Santi. Trabajo para el señor Marchesi.

La humillación la obligó a recordar. Aquel era el hombre que realizaba todos los trabajos que Rigo no se dignaba a hacer. En aquellos momentos, tenía la misma mirada de desaprobación que la noche en la que la acompañó a través de una sala muy concurrida, para alejarla de la risa burlona de su jefe.

–He venido a ayudarla.

–Tiene usted una cara muy dura presentándose en mi puerta –replicó ella sacudiendo la cabeza. Entonces trató de cerrar la puerta, pero se lo impidió un brillante zapato de cuero.

–Tengo órdenes de colocarla a usted bajo la protección del grupo Marchesi.

–Yo no acepto órdenes de Rigo Marchesi.

–Puede que me haya expresado mal –dijo el hombre con una sonrisa forzada–. Se me ha enviado para ofrecerle ayuda. ¿Puedo entrar para hablar con usted en privado?

Nicole lo consideró un instante. En realidad, no tenía muchas opciones. Tal vez al menos él podría organizar algún tipo de protección para ellas. Dio un paso atrás, retiró la cadena de la puerta y le indicó a Santi que pasara.

Él entró y examinó la sencilla vivienda con una rápida eficacia llena de desaprobación. Entonces, volvió a mirarla a ella.

–Señorita Duvalle, mi equipo ya ha restringido el acceso a la zona, tal y como puede ver –dijo mientras indicaba los hombres que montaban guardia junto a la puerta de la verja–. Preferiríamos que no tuviera ningún contacto con los medios hasta que hayamos tenido oportunidad de resolver este asunto en privado.

–Eso va a ser bastante difícil, considerando que están acampados a las puertas de mi casa.

–Esa es la razón por la que yo estoy aquí. Se ha organizado una reunión en París para resolver... esta situación. Si decide cooperar, podrá contar con toda nuestra ayuda.

La palabra que él había elegido para referirse a lo

que ocurría indicaba que lo consideraba todo una molestia, un pequeño inconveniente para el funcionamiento del imperio de la moda de Marchesi. Aquellas personas no se daban cuenta de que la vida entera de Nicole se había puesto patas arriba por segunda vez en menos de dos años.

–Yo no tengo control alguno sobre esta situación, tal y como usted puede ver, señor Santi. Por lo tanto, dudo que pueda ayudar a nadie a resolverla. Lo único que deseo es mantener a mi hija apartada de todo esto.

–Los medios no cederán. Ya lo sabe. Supongo que esperaba esta atención...

–¿Y por qué tenía yo que esperar algo así?

Santi se encogió de hombros y apartó la mirada tras dejar muy claro a qué se refería. Nicole sintió que la vergüenza se apoderaba de ella, tal y como le había ocurrido la última vez que aquel hombre le transmitió un mensaje de su jefe. Sacudió la cabeza asqueada. Por supuesto, Rigo sería capaz de pensar que ella había sido capaz de vender la intimidad de su hija a los tabloides. Después de todo, era la hija de Goldie Duvalle.

Tras desprenderse de la ira y la aflicción, se obligó a hablar.

–Dejemos clara una cosa. Si declino a ir con usted, ¿protegerá mi intimidad la policía?

–Me temo que no.

Ya estaba todo dicho. Sintió que el vello se le ponía de punta. Resultaba evidente que le habían dado un ultimátum. Tenía que meterse en el coche para ir a firmar un trato con el diablo o quedarse allí, atrapada en su casa, mientras los buitres la rodeaban.

Por supuesto, podía marcharse y encontrar un nuevo lugar. Sin embargo, sabía a ciencia cierta que Anna y ella jamás volverían a llevar una vida normal. Aún no habían conseguido hacerle una fotografía a la pequeña, pero lo harían. Y el escándalo le daría una mala fama que no merecía.

Nicole sabía muy bien cómo era esa vida porque la había vivido. Jamás pondría a su hija bajo esa clase de presión. Sin embargo, ¿sería capaz de asegurar la intimidad de Anna con el escándalo rodeándolas a ambas? Ella no tenía el poder económico necesario para controlar a los medios y poder mantener el inocente rostro de su hija alejado de las portadas de los periódicos.

Sintió que se le hacía un nudo en el pecho. Anna era demasiado joven para ser consciente del drama que la rodeaba. Sin embargo, Nicole sabía mejor que nadie que lo iría comprendiendo con la edad. Los recuerdos de su propia infancia amenazaron con resurgir. Casi podía sentir la agobiante presión de tener que actuar para el público.

Sacudió la cabeza y se acercó a la ventana una vez más. Al pensar en aquellos hombres del exterior que se peleaban por tomar una fotografía de su hija y poder venderla al mejor postor sintió que se despertaba en su interior un instinto primario muy profundo. Aquella era precisamente la razón por la que se había alejado de su antigua vida.

No quería aceptar la ayuda de Rigo, pero no era tan testaruda como para no reconocer que la necesitaba desesperadamente. Estaba segura de que él querría que aquel episodio se borrara tan pronto como fuera posible. Le había dejado muy clara su postura sobre la paternidad.

Iría a París. Sacrificaría su orgullo y le pediría ayuda. La historia se silenciaría y, en poco tiempo, todos podrían volver a la normalidad.

Las oficinas centrales del Grupo Marchesi en Europa estaban en una gigantesca torre de cromo y cristal en el corazón de París. Se trataba de un edificio relativamente nuevo y su adquisición había sido uno de los primeros cambios que Rigo Marchesi había realizado en la histórica marca de moda al tomar posesión del puesto de director ejecutivo hacía ya cinco años.

Se produjo un gran escándalo cuando él decidió cambiar el centro neurálgico de la empresa de Milán a París, pero Rigo tenía planes para el futuro de su empresa, y esos planes requerían cambios.

Estar al tanto del pulso del mundo de los negocios modernos, junto con su gran habilidad para negociar y una reputación muy sólida, le había convertido en un gran líder. Tras una serie de decisiones poco convencionales, había visto cómo sus beneficios subían como la espuma. El apellido familiar había recuperado su lugar después de un declive constante a lo largo de los diez años anteriores a que Rigo se hiciera cargo de la empresa.

A los grandes líderes jamás se les sorprendía. Rigo miraba con dureza la pantalla de su ordenador mientras removía un *espresso* doble. Los grandes líderes jamás se desviaban de su camino por un escándalo que, aparentemente, ya llevaba viviendo en Internet varias horas. Sobre todo, los grandes líderes no se veían vilipendiados públicamente por los medios de comunicación pocas semanas antes de que se firmara el mayor contrato de la historia de su empresa.

Se tomó el café de un trago, se levantó y se dirigió hacia la ventana.

Nicole Duvalle había sido un accidente, un instante de locura que, de algún modo, había aparecido en el radar para turbar su buen juicio. Rigo no se dejaba llevar por el placer sin sentido. Se aseguraba de que las mujeres que poseía tenían sus propias profesiones de las que ocuparse, como le ocurría a él. Era muy selectivo en sus aventuras y no tenía tiempo de la clase de mujer a la que simplemente le atraían las numerosas cifras de sus cuentas bancarias.

Sin embargo, en lo que se refería a Nicole, su lógica le había fallado. Se había visto cegado por la atracción que sentía hacia ella y no había pensado en las consecuencias.

Las consecuencias estaban allí, muy presentes. La señorita Duvalle no tenía ni idea de lo que había empezado.

Rigo se giró cuando sintió que la puerta de su despacho se abría para dejar paso a Alberto. Su mano derecha parecía menos compuesto e impecable que de costumbre.

–Confío en que todo haya salido como habíamos planeado –le dijo Rigo.

–Ella se marchó de la reunión menos de cinco minutos después de que empezara –respondió Alberto con frustración–. Le ofrecieron el trato y ella se negó en rotundo.

Rigo quedó en silencio durante un instante. Entonces, se apoyó contra el escritorio. Habría mentido si hubiera dicho que no había esperado algo así. Si Nicole estaba tan sedienta de dinero como su madre, no aceptaría la primera oferta que se le hiciera. Él tan solo le había ofrecido dinero para evitar que el asunto llegara a los tribunales.

El contrato que él estaba negociando en aquellos días con Fournier, el famoso joyero francés, estaba en unos momentos muy delicados. Fournier se había mostrado reacia a fundirse con una empresa tan grande como Marchesi y habían tardado meses en llegar al lugar en el que se encontraban las negociaciones en aquellos momentos. Rigo apretó los dientes de frustración. ¿Cómo podía una entrevista causar aquel caos?

Ya se le había notificado que algunos accionistas habían vendido y que había inquietud entre los miembros del consejo de dirección. Su fallecido abuelo había dejado un rastro negro en el apellido Marchesi que había estado a punto de llevar a la bancarrota una empresa con más de ochenta y cinco años. Tras el incansable trabajo de su padre para volver a enmendar la empresa, Rigo no iba a permitir que aquel asunto les causara molestia alguna.

Si sus propios accionistas estaban nerviosos, estaba seguro que los de Fournier también lo estaban. No los culpaba. El ochenta por ciento de su mercado eran mujeres. El hecho de que el director ejecutivo hubiera dejado embarazada a su amante para luego dejarla tirada resultaba malo para el negocio, aunque fuera una descarada mentira que una cruel cazafortunas se hubiera encargado de contar.

–¿Dónde está ella ahora? –preguntó Rigo.

–La niña necesitaba dormir, por lo que la hemos alojado en uno de los apartamentos que la empresa tiene en Avenue Montaigne.

–¿Rechaza el trato y la instalas inmediatamente en un alojamiento de lujo? Alberto, eres muy blando.

–No podíamos arriesgarnos a que hablara con la prensa –se apresuró a decir Alberto.

–Olvídalo. Tendré que arreglarlo yo mismo –gruñó Rigo mientras agarraba su americana.

Había llegado el momento de que le aclarara de una vez lo que, evidentemente, no le había dejado muy claro la última vez que la vio. No permitiría que Nicole se burlara de él.

Mientras trataba de ignorar el ardor de estómago que tanto la incomodaba, Nicole arrojó el resto de su cena a la basura y se sirvió una copa pequeña de vino blanco. Necesitaba relajarse y librarse del nerviosismo que la atenazaba para poder formular un plan. Y ese plan no implicaba estar encerrada en un apartamento de lujo como si fuera una princesa asustada y sin defensa alguna.

Se dirigió hacia el enorme ventanal para observar

cómo las luces de París titilaban contra el cielo del atardecer.

Su antigua vida había estado repleta de noches como aquella, bebiendo vino y mirando las luces de muchas hermosas ciudades. Sin embargo, ninguna de ellas le había parecido un hogar, ni siquiera Londres. Un hogar era lo que había estado intentando crear en L'Annique. Un lugar estable en el que Anna pudiera crecer, ir al colegio y disfrutar de su primer beso. Las cosas normales que las chicas deben vivir. Desgraciadamente, se había visto obligada a huir, a aceptar ayuda del único hombre al que se había prometido no recurrir nunca por muy dura que se pusiera su vida.

Se sentó en el sofá y cerró los ojos. Había tardado una hora en dormir a Anna, que se encontraba muy inquieta al haber salido de su habitual rutina. Tenía que recuperar el ánimo. Después de todo, los niños sentían la tensión de sus madres, ¿no? La vida entera de ambas se había hecho pedazos y ella era la única culpable.

Tomó un largo sorbo del vino y miró ansiosamente por el ventanal hacia la calle. Alberto le había asegurado que allí tendrían garantizada la intimidad y que estarían libres de la presión de los medios hasta que llegaran a un acuerdo. Eso era lo único que Nicole necesitaba en aquellos instantes hasta que decidiera cuáles eran las opciones que tenía.

El lujoso apartamento estaba en la tercera planta de un exclusivo edificio muy cerca de los Campos Elíseos. Estaba decorado con un estilo moderno y minimalista, no muy apropiado para un niño ni tampoco muy acogedor.

¿En qué había estado pensando al acceder ir allí? Por supuesto, querían ofrecerle dinero. Lanzó una maldición y se quitó los zapatos de una patada. Entonces, se acomodó en el sofá con los pies recogidos debajo de los muslos. Había esperado que trataran de amordazarla de alguna manera, pero con una cantidad de dinero a cambio de mentiras. Necesitaba ayuda, pero lo que se le había ofrecido la obligaba a pagar un precio demasiado alto.

En las semanas anteriores, apenas si había pensado en Rigo a pesar de que los ojos azul cobalto de su hija eran los mismos que los de su padre. Había pasado más de un año desde que vio por última vez los de su amante de una noche...

Tal vez, en cierto modo, había esperado que él estuviera presente. No obstante, no estaba segura de haber podido mantener la calma del mismo modo si él hubiera estado en la reunión.

Alguien llamó a la puerta del apartamento. Nicole se puso en pie lentamente. Alberto le había dicho que nadie sabía dónde estaba a excepción de él... y de su jefe.

–¿Quién es? –preguntó a través de la puerta cerrada. El corazón le latía con fuerza contra las costillas.

–Ya sabes quién soy, Nicole.

Al escuchar la profunda voz de Rigo, sintió que un escalofrío le recorría de la cabeza a los pies. De repente, sintió una profunda necesidad de darse la vuelta y salir corriendo, pero se quedó inmóvil, sorprendida de los ridículos nervios que la atenazaban. El estómago no dejaba de darle vueltas cuando extendió la mano y agarró el pomo de la puerta.

La abrió y allí estaba él. Un metro ochenta y cinco de macho alfa en estado puro. Cabello oscuro de corte perfecto y un traje hecho a medida que le sentaba como un guante.

–¿Puedo entrar? –le preguntó él con dureza, a pesar de la cortesía de la cuestión.

Nicole dio un paso atrás para franquearle la entrada. Rigo no dejaba de mirarla con aquellos ojos gélidos, unos ojos que aún tenían la facultad de dejarla sin aliento. Sin duda, él se estaba fijando en lo mucho que ella había cambiado desde la última vez que se vieron. Nicole sabía muy bien que había engordado como unos cinco kilos, que su cabello no había estado en manos de un estilista desde hacía más de un año y que tenía manchas de la cena de Anna en los vaqueros.

Inconscientemente, se tiró del bajo de la camiseta.

Rigo se apoyó contra la encimera de la cocina. Tenía los brazos cruzados sobre su impresionante torso y seguía mirándola, muy atentamente.

–¿No tienes nada que decir, Nicole?

–Diría que me alegro de volver a verte, pero los dos sabemos que eso sería mentira. Supongo que debería sentirme honrada de que te hayas molestado a venir a hablar conmigo en persona.

Rigo alzó las cejas.

–Créeme si te digo que tengo mil cosas que preferiría estar haciendo antes de esto.

–Al menos estamos siendo sinceros –repuso ella encogiéndose de hombros.

Se dijo que no debería sentirse herida por aquella afirmación. No tenía razón para ello. Prácticamente eran unos desconocidos. Tal vez él era el padre biológico de su hija, pero tan solo habían pasado una noche juntos.

Al recordar lo ocurrido aquella noche, sintió que las mejillas se le ruborizaban. Sin embargo, Rigo no pareció percatarse de aquella reacción.

–Bueno, yo no diría precisamente que estamos siendo sinceros, Nicole. Si estás buscando más dinero, en ese caso me temo que estás perdiendo el tiempo. Tienes suerte de que te haya ofrecido esa cantidad y que no te haya llevado a los tribunales por difamación.

–No quiero ni un céntimo tuyo –le espetó Nicole–. Lo único que quiero es que la prensa me deje en paz y que me devuelvan mi intimidad.

Rigo soltó una carcajada.

–Ah, es eso, ¿no? Los dos sabemos que perdiste todo derecho a la intimidad en el instante en el que arrastraste mi nombre por el barro.

–Yo no tuve nada que ver con eso –replicó ella mirándolo a los ojos sin dudar.

–Esto no es un juego, Nicole –dijo él con un tono peligroso de voz–. la última vez que estuvimos juntos te dejé muy claro que no debes meterte conmigo.

–Te aseguro que habría estado encantada con no volverte a ver nunca. Tu ego es tan grande que es increíble que te puedas levantar por las mañanas –le espetó. Por fin había sido capaz de expresar su ira.

Rigo dio un paso al frente. Una sonrisa a medias adornaba sus duros rasgos.

–Vaya, eso sí que es interesante. Hasta ahora, había visto a Nicole la inocente, la tentadora y luego a Nicole, la damisela en peligro. Sin embargo, creo que esta versión enfadada y apasionada es mi favorita.

Nicole se quedó sin aliento. La miraba con tanto desdén... Sintió que el vello se le ponía de punta. ¿Cómo había podido pensar que aquel hombre había sentido alguna vez algo parecido a lo que ella había experimentado aquella noche? En aquellos momentos, era un completo desconocido para ella. El hecho de que hubieran podido ser algo tan romántico como amantes era una tontería poética. La dura realidad era que tan solo habían sido dos personas que habían tenido relaciones sexuales.

En el pasado, Nicole podría haber podido llegar a pensar que había existido un vínculo entre ellos. Que, a pesar de pasar tan solo una noche en la cama de Rigo, ella había sido algo especial. ¿Cómo podía haber sido tan ingenua?

–Rigo, estás amenazándome con demandarme por unos chismes sobre los que yo no tengo control alguno.

–Entonces, ¿por qué ni siquiera has tratado de negarlo? –replicó él.

–Mi silencio es lo máximo que vas a conseguir. Ya no trato con la prensa.

–Realizarás una declaración pública en la que afirmarás que la niña no es mía, Nicole.

La mera presencia de Rigo resultaba tan imponente que ella habría sido una necia si no se hubiera sentido intimidada por aquella exigencia. Luchó contra el sentimiento que se le estaba formando en el pecho. Resultaba ridículo sentirse herida por aquellas palabras después de tanto tiempo. Después de todo, él le había dejado muy clara su postura sobre la paternidad. Sin embargo, una parte de ella siempre había esperado que Rigo cambiara de opinión en las semanas posteriores.

Incluso cuando estaba en la cama del hospital, aterrada al tener entre sus brazos a su hija prematura, había tenido la esperanza de que el mundo de Rigo hubiera cambiado tan profundamente como el de ella. Que, instintivamente, supiera que era padre.

La indignación ganó terreno a la tristeza. Se irguió y lo miró directamente a los ojos.

–Te dije que estaba embarazada de ti. Tú elegiste mantenerte al margen y me parece bien. Sin embargo, no pienso mentir públicamente e ir en contra de mis principios como madre tan solo para proteger tu maldito apellido.

Rigo sacudió la cabeza con incredulidad.

–¿De verdad piensas que te habría dejado salir huyendo como lo hiciste a menos que hubiera estado completamente seguro de que yo no era el padre de tu hija?

Nicole se dirigió a la encimera de la cocina y comenzó a rebuscar en el bolso. Por fin asió el objeto que había estado buscando. Se volvió para encontrarse con la fría mirada de Rigo una vez más.

–Te digo que te equivocas, Rigo –dijo mientras extendía una fotografía–. Anna es tu hija. Aquí tienes la prueba.

Capítulo 2

RIGO miró a Nicole. Era muy diferente de lo que recordaba. Ya no había rastro de la joven despreocupada y desinhibida que lo había tentado unos meses atrás. En su lugar, estaba una formidable tigresa morena vestida con unos vaqueros rasgados y manchados de comida. Siempre iba muy bien preparado a sus negociaciones, conociendo perfectamente cómo era su oponente. Sin embargo, parecía que lo que sabía de ella ya no se podía aplicar a la realidad.

Tomó la fotografía que ella le ofrecía mientras ella le observaba. La foto era de un bebé con suaves rizos castaños y piel clara. Volvió a mirar a Nicole.

–Esto no demuestra nada.

El dolor se reflejó en los pálidos rasgos de Nicole. Entonces, ella le arrebató la fotografía de las manos.

–No sé qué más decirte. He sido completamente sincera contigo desde el principio. Te dije que estaba embarazada y no te monté ninguna escena cuando me dijiste que no querías estar implicado.

Rigo se mordió los labios con frustración. Ella estaba decidida a mantener su postura. Estaba totalmente claro. Sabía que ella había sido actriz de niña, pero jamás hubiera esperado que se mostraba tan firme en su actuación.

–Me haces parecer el malo en esta película tuya –dijo él manteniendo el tono deliberadamente tranquilo.

–Rigo, en estos momentos lo único que te pido es que utilices tu poder y tu influencia para que yo pueda regresar a mi casa con mi hija y no tener que volver a molestarte nunca.

–¿Y tengo que creer que no quieres ni un penique mío?

Nicole suspiró.

–Pregúntate una cosa. ¿Por qué iba yo a esperar casi seis meses de la vida de mi hija antes de filtrar una historia si estaba tan desesperada? No tiene ningún sentido.

Nicole parecía tan maternal, tan inocente en aquellos momentos. Lo más probable era que ella quisiera tener ese aspecto para hacerse la víctima. Rigo se deshizo del sentimiento de intranquilidad que lo había invadido después de ver la fotografía de la niña. Había acudido allí para terminar con aquel asunto.

–Tienes razón. No tiene ningún sentido, pero no tengo ninguna inclinación a tratar de comprender lo que ocurre en tu cerebro. Tanto si fuiste tú la que filtró la noticia a la prensa como si no, en estos momentos eso ya no me importa.

–Solo quieres que limpie tu nombre. No puedo hacerlo, Rigo. No voy a mentir.

–Mira, Nicole. Tal vez yo podría amordazar a los medios y evitar que siguieran hablando, pero no puedo deshacer el daño que ya se ha hecho. No se puede amordazar al público. El único modo de evitar que sigan hablando es que se demuestre que el escándalo no era cierto. Estoy dispuesto a subir la oferta que se te ha hecho hoy un veinte por ciento. Te pido que hagas lo correcto para todos los implicados.

Nicole respiró profundamente y se metió las manos en los bolsillos de los vaqueros.

–Por mucho que deseo recuperar mi intimidad, no

puedo comprometer mi integridad y contar una mentira que afectará a mi hija para siempre. Juré que nunca te pediría nada, Rigo, y hasta ahora no lo he hecho. Sin embargo, en estos momentos la intimidad de mi hija significa para mí mucho más que mi orgullo –dijo. Lo miró con una expresión seria en sus ojos color caramelo–. Hazte la prueba de paternidad. Si sale negativa, haré la declaración que tanto deseas.

–No veo razón alguna para realizar una prueba de paternidad cuando ya sé cuál será el resultado.

Realizar una prueba significaría más tiempo y, a cada día que pasaba y que ese escándalo seguía en boca de todo el mundo, significaba otro día de pérdida en el valor de las acciones.

–Si tan seguro estás de que no es tu hija, no tienes nada que perder.

–Está bien, organizaré lo de esa maldita prueba. Sin embargo, cuando se confirme el resultado negativo, harás esa declaración a la prensa.

–Si es negativo, trato hecho.

–Estupendo. En ese caso, ya hemos terminado –añadió haciendo ademán de dirigirse a la puerta.

–Espera un momento –le pidió ella–. Aún no hemos hablado de lo que haremos si el resultado es positivo.

Rigo negó con la cabeza.

–Si el resultado es positivo... –dijo mirando brevemente la fotografía de la niña, que Nicole aún tenía entre las manos. Tenía los ojos azul cobalto. Si Rigo no estuviera totalmente seguro de que era estéril, podría haber dicho que aquellos ojos eran del color de los Marchesi.

Ella lo miraba fijamente, pero Rigo rompió el contacto y se dirigió a la puerta.

–Sería algo milagroso –añadió–. Estoy seguro de que una prueba de paternidad no va a cambiar lo que ya sé.

Con eso, abrió la puerta y volvió a cerrarla a sus espaldas.

La sala de reuniones de las oficinas centrales del Grupo Marchesi estaba en la planta cuarenta y cinco. Nicole estaba sentada a un lado de una larga mesa de conferencias mientras varios hombres y mujeres estaban sentados al otro lado en completo silencio. Nadie la miraba ni se dirigía a ella. De repente, Nicole deseó poder cambiar de puesto con Anna, que estaba en la sillita a su lado, mordiéndose felizmente los dedos de los pies.

Un caballero muy distinguido de cabello blanco estaba sentado a la cabeza de la mesa. Estaba observándola. Nicole se aclaró la garganta y se sentó un poco más erguida en su silla. Sobre la mesa, tenía una fina carpeta de cuero. Dudó un instante antes de abrirla, consciente que, de repente, todos los ojos estaban prendidos en ella. El cheque que había en su interior tenía tantos ceros que se le cortó la respiración.

El caballero de pelo blanco se aclaró la garganta.

–Como miembro más antiguo de este consejo, le presento nuestra última oferta, señorita Duvalle.

–Esto no puede estar bien... –susurró ella. Las cifras bailaban ante sus ojos.

–El grupo Marchesi le ofrece un acuerdo muy generoso a cambio de una declaración pública en la que afirme que Rigo Marchesi no es el padre de su hija.

–Eso no fue lo que acordamos –replicó ella. Se sentía atrapada. Aquello no era una reunión, sino una emboscada.

–Comprenda una cosa, señorita Duvalle. No vamos a negociar la cifra que hay en ese cheque, así que, si quiere el dinero, le aconsejo que lo guarde ahora mismo.

Nicole se tensó. Sería tan fácil hacer lo que aquel

hombre le estaba sugiriendo... Negar la verdad y salir huyendo sería lo más sencillo en muchos aspectos. La verdad era inconveniente, lo mismo que su hija y ella. Una rueda de prensa le llevaría menos de diez minutos y, entonces, podría escapar. Podría olvidarse de todo lo referente a Rigo Marchesi y volver a empezar de nuevo en otro lugar.

Sin embargo, ¿qué le ocurriría a su hija cuando fuera lo suficientemente mayor para comprender? ¿Qué haría cuando le preguntara por qué su padre no había formado parte de su vida? Su hija terminaría por descubrir que su madre le había mentido al mundo entero y le había negado el derecho de saber quién era su progenitor.

Pensó en su propia madre, en sus incontables mentiras y manipulaciones. Todo por dinero. ¿Qué clase de modelo sería ella si le mentía a su propia hija sobre algo tan importante?

Respiró profundamente. No se dejaría acobardar por aquellas personas.

–No pienso firmar nada sin hablar primero con el señor Marchesi.

Una mujer ataviada con un traje beige tomó la palabra.

–Soy consciente de que usted probablemente creció observando un cierto nivel de... negociaciones legales a través de su madre. Sin embargo, ¿está verdaderamente dispuesta a enfrentare a una empresa tan poderosa como la nuestra en un tribunal?

Nicole sintió un hormigueo en la piel. Aquellas personas le hacían sentirse barata y sin valor alguno.

De repente, todos los que la observaban dejaron de mirarla y se centraron en la puerta, que estaba a espaldas de Nicole. Ella se giró y vio que Rigo estaba en el umbral. Entonces, se puso de pie. La ira le había concedido una resolución de acero.

–Esto es inaceptable. No voy a dejar que me acosen.

–Yo no accedí a esta reunión, Nicole –le dijo con la voz más profunda de lo que era habitual en él. Entonces, miró brevemente a la sillita, en la que se Anna se movía sin parar–. Ve y espera en mi despacho. Iré en un momento.

Rigo se detuvo peligrosamente al borde de la mesa y esperó a que Nicole se marchara para tomar la palabra.

–Espero que alguien tenga la amabilidad de decirme por qué se convocó esta reunión sin mi consentimiento.

Mario, que era el caballero de pelo blanco y tío de Rigo, fue el que contestó.

–El consejo está de acuerdo. Tu plan no ha conseguido nuestra aprobación. Has quedado en desventaja. Es necesario responder de un modo rápido y contundente para defender de la mejor manera posible los intereses de la empresa.

Rigo se aclaró la garganta. Observó la carpeta de cuero que había sobre la mesa y la cerró.

–Ese asunto no se cerrará con acuerdos legales.

–Ya sabes que el pasado de esta empresa hace que sea más vulnerable frente a los medios –dijo un valiente ejecutivo de Relaciones Públicas–. Tu padre siempre dejó muy claro que las indiscreciones privadas son intolerables.

Rigo sintió que se le acababa la paciencia.

–Mi padre ya no es el director ejecutivo de esta empresa, lo soy yo. Todos los que no sean miembros del consejo que se marchen ahora mismo. ¡Ya!

Se volvió hacia la ventana y respiró profundamente mientras varios hombres y mujeres salían rápidamente de la sala. Entonces, se volvió a mirar a su tío, el único miembro del consejo que estaba presente.

–No puedes tomar decisiones en mi nombre, Mario. Si querías mi trabajo, deberías haber peleado más duramente por él.

–Valoro demasiado mi tiempo libre. Se trata de un pago sin más, Rigo –dijo Mario poniéndose de pie y acercándose a su sobrino–. Esa mujer está ensuciando el apellido Marchesi y poniendo en peligro el contrato Fournier, por el amor de Dios.

–No está ensuciando nada –afirmó Rigo de mala gana–. Me han dado los resultados de las pruebas de ADN hace veinte minutos. Esa niña es mía.

Mario se quedó boquiabierto y sin palabras durante unos instantes.

–¿Accediste a hacerte una prueba de paternidad sin avisar a nuestros abogados? ¿Estás loco? Ni siquiera tu abuelo fue tan estúpido.

Mario no parecía en absoluto sorprendido por la noticia en sí, pero no se podía decir lo mismo de Rigo. Él aún estaba tratando de absorber la información. Contra todo pronóstico, Nicole le había estado diciendo la verdad. Rigo jamás había tenido duda alguna de que ella estaba mintiendo. Hacía mucho tiempo que se había ocupado de tomar medidas permanentes para asegurarse de que no se volvía a ver en aquella situación. Sin embargo, allí estaba.

Su tío se aclaró la garganta y miró de nuevo la carpeta de cuero.

–Todos los hombres Marchesi han cometido algunas indiscreciones, Rigo. Parece la debilidad familiar. Mi consejo es que no permitas que esto te impida resolver el asunto. Todo el mundo tiene un precio. Encuentra el de esa mujer.

Nicole no dejaba de pasear de un lado a otro del despacho de Rigo. Tenía los puños apretados mientras sopesaba las opciones que tenía en la cabeza.

El plan A era marcharse de allí sin decir ni una palabra a Rigo Marchesi ni a los demás. Trataría de encargarse ella de la prensa y suplicarles que le dieran intimidad, aunque lo más probable sería renunciar a sus sueños de volver a tener una vida normal. Sin embargo, su hija crecería sabiendo que su madre había hecho todo lo posible.

Plan B. El plan B consistía en tirar la moralidad por la ventana.

Se sentó en el sillón más cercano y trató de aclararse los pensamientos.

Resultaba raro que echara de menos a su madre para que la guiara. No. En realidad, deseaba que a su madre le importara lo suficiente lo que estaba ocurriendo como para tratar de ayudarla. Goldie Duvalle entraba y salía de la vida de su hija entre un matrimonio y otro y, por supuesto, solo cuando quería algo.

La última vez que vio a su madre fue el día en el que le dijo que estaba embarazada. La ira le hizo apretar los puños y el vientre se le contrajo al recordar cómo se había quedado sin su último hilo de esperanza. Su madre no era una opción, a menos que necesitara algún contacto para hacer un reportaje en alguna revista.

Con su propio pasado, tal vez se había estado engañando cuando pensó que podría ofrecerle a su hija una vida normal. Su errática infancia había distado mucho de ser normal. Parecía que el escándalo estaba destinado a seguirla por todas partes.

Miró a su alrededor. Se sentía pequeña y sola en aquel espacio. Por suerte, Anna se había quedado dormida en su sillita junto a la ventana.

Rigo entró en el despacho y cerró la puerta a sus espaldas.

–¿Y la niña? –le preguntó mirando a su alrededor.

Aquella pregunta sorprendió a Nicole. Frunció el ceño y señaló hacia la ventana.

–¿No se despertará si hablamos?

Nicole negó con la cabeza y trató de mostrarse inflexible ante aquella aparente preocupación.

–Duerme muy profundamente, gracias a Dios. No debería despertarse.

Rigo asintió bruscamente mientras observaba durante un instante la mantita rosada que cubría a la pequeña. Después, se volvió de nuevo a mirar a Nicole. Sus ojos tenían una extraña mezcla de ira y de un sentimiento completamente desconocido para ella.

Estuvieron así unos instantes, mirándose en completo silencio, hasta que Rigo, por fin, tomó la palabra.

–Déjame que te aclare que yo no tuve nada que ver con esa reunión. Los miembros del consejo se estaban impacientando y decidieron actuar en mi contra. Siento que te tuvieras que ver en esa situación.

Nicole no había esperado una disculpa, con lo que aquellas palabras la sorprendieron mucho.

–Te dije que no firmaría nada sin la prueba.

–Cierto –admitió Rigo.

Se dirigió a su despacho y, entonces, le indicó que se sentara en una de las butacas. Cuando Nicole hubo tomado asiento, él hizo lo propio en su sillón.

Sentado a su escritorio, el aspecto de Rigo se hizo inmediatamente más poderoso y menos cercano. El imponente director ejecutivo ocupándose de otro punto de su agenda. Sin embargo, en aquellos momentos parecía algo vulnerable.

–He recibido una llamada de teléfono del laboratorio –dijo tranquilamente–. El resultado de la prueba revela una coincidencia positiva de ADN.

Nicole lo miró durante un instante, sin saber qué decir.

–Entiendo –respondió ella por fin.

–¿Es eso lo único que tienes que decir? –le preguntó él

Nicole se encogió de hombros y se mordió el labio inferior.

–Yo ya sabía cuál iba a ser el resultado.

Rigo se reclinó en su asiento y la observó durante un instante antes de hablar.

–Yo elegí no creer tu afirmación basándome en lo que creía que eran los hechos, Nicole. Ahora sé que estaba equivocado. Bueno, nuestra situación actual es lamentable.

Al escuchar la manera en la que Rigo definía lo que tenían en común, sintió que la ira le inflamaba el pecho. A pesar de todo, escuchó lo que él tenía que decir.

La atención de los medios es una preocupación inmediata para ambos, pero siento que podremos conseguir un acuerdo para que ella nos beneficie.

Nicole se cruzó de brazos, sorprendida de que fuera capaz de hablar de negocios cuando acababa de descubrir que tenía una hija.

–Ya te he dicho que no mentiré a la prensa para salvar tu imagen pública.

–No te estoy pidiendo que mientras –replicó él–. Ahora que sé que es mía, no pienso negar el hecho. Ni pública ni de ningún otro modo.

Allí estaban. Las palabras que ella llevaba meses esperando escuchar. Sin embargo, en vez de sentirse aliviada de que su hija pudiera tener alguna clase de relación con su padre, lo único que sintió fue un miedo gélido que la atenazaba.

Se puso de pie y se alejó unos pasos de él.

–En primer lugar, ella no te pertenece –dijo–. Eres su padre biológico, pero te tendrás que ganar el resto. En estos momentos, no te pido nada más que tu ayuda para que la prensa se vaya de la puerta de mi casa.

Rigo guardó silencio. Se limitó a observarla con la

misma intensidad que había aprendido a reconocer naturalmente en él.

Nicole se cruzó de brazos y lo miró.

–Si no lo deseas, no tienes obligación alguna de desempeñar un papel en la vida de Anna.

–Los dos sabemos que alejarme de ella ya no es una opción.

Nicole no sabía si eso significaba que no quería alejarse de ella o que sabía que no estaría bien. Le costaba mucho creer que fuera lo primero.

–Me gustaría que formaras parte de su vida, pero si se hace público que eres su padre, sabes que me perseguirán los paparazzi durante el resto de mis días. Las fotografías de mi hija se utilizarán para empapelar todos los tabloides el mundo entero. ¿Es eso lo que quieres?

–Tú no quieres mentir, pero no quieres que les diga la verdad. En ese caso, parece que nos hemos quedado sin opciones.

–Lo único que te pido es protección contra los medios de comunicación –afirmó ella con tranquilidad–. Sé que con el poder que tú tienes eso se puede conseguir.

–Las órdenes de protección son algo muy frágil y que pueden cambiar de la noche a la mañana. Los fotógrafos aún irán a hacerte fotos a ti. La historia se ha hecho pública y ella siempre será una hija del escándalo. Jamás podrá deshacerse de eso...

–Tiene que haber un modo...

Nicole se sintió de repente muy débil por el peso de aquellas palabras. Por supuesto, él tenía razón. El daño ya se había hecho. Los escándalos de ese tipo jamás desaparecían del todo.

¿De verdad era tan ingenua como para pensar que él, de algún modo, podía hacer que todo desapareciera? Nicole había traído a su hija al mundo y se había jurado que no permitiría nunca que Anna sufriera lo que ella misma había sufrido de pequeña: verse acosada por los fotógrafos en la puerta del colegio y tener que actuar constantemente para los medios. Había crecido demasiado rápidamente. ¿Cómo podría consentir que su hija tuviera que pasar por lo mismo?

Rigo se aclaró la garganta y se puso de pie para sentarse sobre el escritorio.

–Hay un modo, Nicole. Un modo que estoy dispuesto a ofrecerte para que los dos podamos beneficiarnos de la atención de los medios.

–¿Y cómo vamos a poder hacer algo así?

La voz de Rigo resonó fría y profesional.

–El modo más eficaz y más rápido es convertir la historia en algo mucho más grande para que la prensa empiece a babear.

–¿Y qué podría ser más grande que esto? –preguntó ella frunciendo el ceño.

–Una boda. Para ser preciso, nuestra boda.

Nicole se quedó en silencio. Casi no se podía creer lo que él acababa de decir. Si había oído bien, lo que Rigo le proponía era absolutamente ridículo y no suponía en absoluto una solución.

–¿Quieres fingir que estamos casados? –le preguntó con incredulidad–. Eso no serviría de nada. Todo el mundo sabría que es mentira.

–No estoy sugiriendo una mentira –repuso él mirándola fijamente–. El único modo de terminar con este escándalo de una vez por todas es que yo demuestre que no he abandonado a mi hija y a su madre. Hacerles creer a los medios lo mucho que se han equivocado. Y el mejor modo de conseguirlo es que tú te conviertas en mi esposa.

Rigo observó cómo Nicole palidecía. No llevaba puesto ni una pizca de maquillaje y las oscuras ondas de su cabello estaban recogidas en la base del cuello. Sin embargo, tenía un aspecto muy elegante sin esfuerzo alguno. Estaba frunciendo el ceño y tenía una expresión de asombro en la mirada.

No era precisamente la reacción que él había esperado.

–No puedes hablar en serio –susurró ella.

Rigo se cruzó de brazos y observó el pálido rostro de ella.

–Eso no es lo que un hombre espera escuchar cuando acaba de pedirle matrimonio a una mujer.

–No me has pedido nada. Acabas de lanzarme otro acuerdo, un acuerdo que yo no estoy dispuesta a aceptar bajo ninguna circunstancia. Preferiría tomar el dinero y salir huyendo.

–Te aseguro que hablo completamente en serio. Y esto no tiene nada que ver con los negocios. Ahora no, cuando sé que soy padre –dijo. Estuvo a punto de trabarse en aquella sencilla palabra, una palabra con la que jamás había tenido la intención de etiquetarse–. Nicole, te guste o no, Anna, tú y yo estamos juntos irrevocablemente. Simplemente te estoy sugiriendo que hagamos ese vínculo público y permanente para que podamos resolver todos nuestros problemas de una vez.

–No me puedo creer que de verdad estés dispuesto a casarte conmigo para salvar tu empresa –replicó ella con una única carcajada.

–Sería una unión legal, una boda de verdad. Lo que te propongo es el modo de asegurar y proteger nuestros intereses. Ahora que sé que tengo una hija, quiero formar parte de su vida.

–¿Seguiría siendo igual si tus acciones no estuvieran perdiendo valor día a día?

Rigo sintió que el dardo de aquellas palabras hacía blanco y se tensó inmediatamente.

–Tal vez yo no haya planeado esto, Nicole, pero jamás le daría la espalda a la carne de mi carne.

Ella bajó los ojos y se abrazó el torso en gesto defensivo que siempre parecía utilizar cuando estaba en presencia de Rigo. Tardó unos instantes en aclararse la garganta y volver a mirarlo.

–Es posible ejercer de padre sin estar casados, ya lo sabes.

–Tuve la suerte de crecer con el amor y el apoyo de mi madre y de mi padre en un solo hogar. Disfruté de la mejor educación y cuidados médicos y conté con estabilidad económica. ¿Me estás diciendo que, si se te da la opción, no querrías lo mismo para Anna? ¿Cuál es tu alternativa?

Nicole bajó la mirada al suelo y se mordió el labio. Los dos sabían cuál era su alternativa. Rigo sabía que ella no tenía casa propia. Y se había mudado a un país extranjero.

–Ser padre es mucho más que tener mucho dinero, Rigo. Tal vez en estos momentos no sepa muy bien dónde va a ir mi carrera y tenga que vivir mirando el dinero, pero soy una buena madre y amo a mi hija más que a nada en la Tierra.

Tragó saliva y tuvo que apartar el rostro para que él no viera que tenía húmedos los ojos por la emoción.

–La quiero desde el momento en el que la vi –prosiguió, tras parpadear para que él no pudiera verlo–. Eso es mucho más de lo que puedo decir de ti.

Rigo no podía refutar aquellas palabras. Estaba tratando de convencerla de hacer lo mejor para la niña cuando él ya había hecho lo peor que un padre puede hacer al perderse los primeros meses de la vida de su hija. Había empezado aquella conversación para resolver el problema de la manera más rápida y más eficaz posible, pero, de repente, sintió el verdadero peso de su propuesta.

Estaba proponiéndole a Nicole formar una familia, no la adquisición de una empresa. Aquel pensamiento le provocó un escalofrío por la espalda que estuvo a punto de hacerle perder la compostura.

Se aclaró la garganta y se apresuró a seguir hablando.

–Si nos casamos, ella disfrutaría de lo mejor de ambos. Nicole, piénsalo lógicamente. Tenemos una hija en común y los dos necesitamos que el escándalo desaparezca tan pronto como sea posible. Por ello, necesitamos una solución a largo plazo que ponga a Anna en primer lugar.

–Deja de hablar como si esto fuera un negocio, por el amor de Dios...

Nicole se alejó de él y, durante un momento, Rigo temió que ella se fuera a marchar del despacho. Sin embargo, por el modo en el que lo miró, de soslayo al llegar junto a la ventana, supo que ella estaba dudando. Rigo era un negociador muy experimentado. Sabía cuándo había que dar el golpe de gracia y cuándo era mejor que su oponente tuviera un espacio para poder respirar.

Permaneció en silencio mientras ella parecía batallar consigo misma, retorciéndose las manos con fuerza. Por fin, se volvió para mirarlo. La expresión de su rostro revelaba inconscientemente todos sus pensamientos.

–Lo he sacrificado todo para asegurarme de que mi hija tenga lo mejor que la vida puede darle. Ahora nunca será ya lo mismo, tome la elección que tome.

–En ese caso, casándote conmigo tienes todas las de ganar –dijo él. Se acercó a ella para poder ver su rostro claramente.

–No me puedo creer que esté considerando algo así. No creo en esta clase de... matrimonio en apariencia. Es absurdo.

–El matrimonio no es una creencia. Es una unión entre dos personas que quieren proteger intereses y bienes comunes. Me dijiste que dejara de tratar esto como si fuera un negocio, pero eso es exactamente lo que sería.

–¿Cómo puedes ser tan frío y lógico cuando estás pensando encadenarte a una mujer a la que ya has dejado muy claro que consideras una cazafortunas?

–Tu pasado será olvidado siempre que te comprometas a ser una esposa respetable para mi imagen pública –afirmó él encogiéndose de hombros.

Nicole abrió los ojos como platos.

–Qué romántico...

–Si te imaginabas flores y cartas de amor, me temo que no seré esa clase de esposo...

–Todo esto me resulta abrumador. Hace tres días, yo llevaba una vida tranquila y normal. Ahora me estás pidiendo que vuelva a convertirme en blanco para la prensa.

–Tendrás que enfrentarte a ellos de una manera u otra. ¿Por qué no hacerlo llevando, por una vez, los ases en la mano? En este mundo, nuestras vidas son tan solo un juego para el público. Algunas veces debemos elegir si ser uno de los jugadores o dejar que jueguen con nosotros.

Capítulo 3

NICOLE levantó la mirada y observó al hombre que le estaba ofreciendo la ruina y una tabla de salvación al mismo tiempo. ¿Qué clase de mujer sería si accediera a casarse con él bajo aquellas circunstancias? Sabía exactamente lo que sería. Una mujer como su madre, aunque ella jamás había elegido a sus esposos basándose en lo que le convenía más a su hija. Solo lo había hecho por dinero y por portadas en revistas. Nicole, simplemente, había sido un instrumento que podía utilizar en su relación amorosa con los medios de comunicación.

–Si accediera a esto, querría que me dieras tu palabra de que Anna jamás formará parte de tu imagen pública. Jamás la utilizarías en reportajes ni cosas parecidas.

–Se le protegerá. Tienes mi palabra.

Nicole asintió y trató de tragar el nudo que se le iba formando en la garganta y que era cada vez más grande. Le temblaban las manos. La enormidad de lo que estaba considerando amenazaba con hacerle perder la compostura.

–Podemos ponernos de acuerdo en los detalles más tarde. Por ahora, ¿me equivoco al pensar que estás aceptando mi propuesta?

Nicole respiró profundamente.

–Sí, me casaré contigo.

El triunfo se reflejó en los ojos de Rigo. Asintió para darle su aprobación.

–*Bene.* Convocaré una reunión con mi equipo de Relaciones Públicas y pondremos la bola en movimiento.

Le abrió la puerta a Nicole y le cedió el paso antes de salir al enorme vestíbulo del último piso del rascacielos. Nicole frunció el ceño. ¿Eso era todo? Acababa de acceder a casarse con él... Seguramente había muchos detalles más de los que hablar. Cómo iban a vivir, cómo iban a explicar aquella ridícula charada...

Lo siguió rápidamente, sintiendo que la cabeza ya no estaba unida a su cuerpo. Esperaba estar haciendo lo correcto y que aquello, efectivamente, fuera lo mejor para su hija. No importaba que ella, esencialmente, le estuviera vendiendo su vida a aquel hombre. Era un acuerdo de negocios. Seguramente estaría fuera todo el tiempo y ella podría seguir criando a su hija en paz.

–Rigo, espera... –dijo extendiendo la mano y haciendo que él se detuviera–. Tengo que saber qué es lo que va a ocurrir ahora. Todo va demasiado deprisa.

–Yo me ocuparé de todo. Solo tienes que preocuparte de representar tu papel.

Nicole sintió la frialdad de aquellas palabras. Incapaz de hablar, se limitó a asentir mientras evitaba mirarlo a los ojos.

Rigo sacó su teléfono móvil y comenzó a tocar la pantalla.

–Haré que las dos os mudéis ahora mismo a mi apartamento. Puedes darle a Alberto una lista de todo lo que necesites de tu antigua casa.

–¿Vamos a vivir juntos tan pronto? –le preguntó Nicole mientras miraba en silencio a Anna, que seguía durmiendo plácidamente en la silla.

–Es necesario que empecemos cuanto antes nuestro frente común. Les haremos saber a la prensa que no tenemos nada que ocultar –afirmó Rigo. Entonces, empezó a hablar en voz muy baja con su mano derecha y, literalmente, la dejó con la palabra en la boca.

Nicole trató de no sentirse triste por la falta de interés que él mostraba por su hija. Decidió que, en ese sentido, necesitaba moderar sus expectativas. No había razón alguna en esperar nada normal de aquella situación. Bastaba con que Rigo le hubiera propuesto matrimonio para proteger a la niña. No se atrevería a esperar nada más de él.

Rigo permaneció tanto como le fue posible en su despacho antes de regresar a su apartamento. El ático en el que vivía, situado en el XVI *arrondissement,* había sido su primera compra cuando lo nombraron director ejecutivo hacía cinco años. Tenía una enorme terraza desde la que se dominaba una increíble vista del *Bois du Boulogne.* Se trataba de un espacio ideal para el poco tiempo libre del que él disponía y contaba con una mezcla perfecta de decoración moderna y detalles de los años 30, que a él le gustaban mucho. A pesar de todo, no se podía decir que fuera el espacio ideal para una niña pequeña.

Escuchó atentamente y respiró aliviado al comprobar que no se escuchaba nada desde la zona de los dormitorios. Nicole y la niña se habían mudado a primera hora de la tarde y él, a propósito, había esperado hasta después de cenar para regresar. Había necesitado tiempo para pensar, para procesar aquel cambio tan grande en su vida.

El salón no mostraba señales de cambio alguno. Todo estaba tal cual él lo había dejado por la mañana. Era un apartamento de un hombre soltero en toda la extensión de la palabra. Contaba con una enorme barra de bar de mármol negro dominando un lado de la zona del comedor y una televisión enorme montada sobre la chimenea. ¿De verdad tan solo habían pasado catorce horas desde que se tomó un café mientras veía allí las noticias de la mañana como todos los días?

Nada le podría haber preparado para el resultado de la prueba que le comunicaron un rato después. Jamás había tenido duda alguna de que Nicole le estuviera mintiendo. Estaba seguro de que ella tan solo quería atribuirle su embarazo a la conquista más rica que había tenido. Las admiradoras sedientas de dinero siempre se acercaban a un hombre que llevara el apellido Marchesi. Tenía tanta experiencia con las cazafortunas ya que podría durarle una vida entera.

Y en aquellos momentos sabía que era padre.

El pensamiento le golpeó en el pecho con pesada finalidad. Podría pasarse la noche allí sentado, pensando mientras se emborrachaba, pero eso no resolvería nada. Solo serviría para dejarle un terrible dolor de cabeza. Seguiría siendo el padre de una niña a la mañana siguiente.

Hacía mucho tiempo que había tomado una decisión muy difícil. Sabía que, algún día, si así lo deseaba, podría revertir su situación. Sin embargo, jamás había esperado que la situación se modificara sola. Su médico le había asegurado aquella misma tarde que era extremadamente raro.

A lo largo de los años, Rigo se había acostumbrado a la idea de que nunca sería padre. La decisión de hacerse una vasectomía había sido necesaria.

¿Qué posibilidades había? La única noche que se le había olvidado utilizar un preservativo... una noche que jamás había sido capaz de olvidar.

Nicole Duvalle era la clase de mujer que se había pasado evitando los últimos diez años de su vida. Sin embargo, se la había llevado a la cama sin pensárselo dos veces. Aquella noche, se había desprendido de toda cautela y, por una vez, había tomado lo que deseaba. Durante un breve instante, había creído que podía ser otra persona en vez de ser quien era. Estar con ella le había desatado una sed por algo más que los rígidos confines de su mundo. Entonces, había descubierto quién era ella y esa sed había desaparecido con sorprendente finalidad.

Nicole había sido como una droga para sus sentidos. En un mundo de falsedad, ella le había parecido tan real, tan pura... Se había dejado llevar por la embriagadora atracción que ardía entre ellos y había perdido toda noción del tiempo. Si su mano derecha no hubiera intervenido para decirle quién era ella...

Se acercó a la ventana y observó la brumosa oscuridad del *Bois de Boulogne*. No importaba lo que podría haber ocurrido. Su vida ya no podría complicarse más. Estaba comprometido para casarse con una mujer con una reputación más turbia que la mayoría de los políticos. Durante gran parte de su vida, había aparecido en las portadas de los tabloides sumida en el escándalo, y eso que solo tenía veintitrés años. Nicole juraba que había cambiado y que no quería nada de él ni de los medios de comunicación. Sin embargo, él sabía muy bien cómo podía mentir una mujer.

Al sentir que el cansancio se iba adueñando de él, decidió que había llegado el momento de dormir en vez de pensar en el pasado. Se dirigió a su dormitorio, pero se detuvo al ver que había una serie de artículos femeninos sobre su cama. La puerta del cuarto de baño estaba abierta y Nicole salió de él, con el cabello húmedo tras darse una ducha y cubierta tan solo por un albornoz muy corto.

Rigo contuvo la respiración, aunque el aroma a vainilla y miel ya le había alcanzado y estaba turbando sus sentidos.

Nicole se apretó un poco más el cinturón del albornoz alrededor de la estrecha cintura. El movimiento solo sirvió para juntar y subir más sus pechos contra la delgada tela de la prenda. Rigo apretó los puños.

–Pusieron aquí todas mis cosas con las tuyas –dijo ella rápidamente, aunque evitando mirarlo a los ojos–. Tu ama de llaves estaba muy... emocionada.

–Entiendo.

Rigo observó brevemente los tonificados muslos que había bajo el albornoz y sintió que la tensión que le atenazaba los músculos se incrementaba. Su mirada debió de revelar parte de sus pensamientos, porque Nicole se aclaró la garganta y retiró su ropa de la cama. Sin decir otra palabra, volvió a meterse en el cuarto de baño y cerró la puerta.

Rigo se apoyó contra la cómoda y sintió que la tensión se apoderaba de él. Aquella era una complicación inesperada para el que, hasta entonces, le había parecido un plan perfecto. Su personal era de la mejor agencia de París, pero nada era verdaderamente confidencial en su mundo. Iban a presentarse ante los medios con una historia de amor. Se esperaba que él compartiera la cama con su prometida. Como lo haría cualquier hombre.

Había pensado que verla tal y como realmente era lo ayudaría a borrar todo lo que pudiera atraerlos aquella noche. Evidentemente, su cuerpo no pensaba lo mismo.

Se desabrochó el cinturón y se lo sacó del pantalón. Entró en su vestidor, que había sido creado de acuerdo a sus más mínimos deseos y especificaciones. Tenía perchas y cajones para cada pequeño detalle. La organización era su placer secreto. Ver algo perfectamente alineado le daba una sensación de paz.

Abrió el cajón de los cinturones para encontrar que contenía tan solo la mitad de sus cosas. La otra mitad contenía una selección de coloridas bufandas. Frunció el ceño y vio que el siguiente cajón también había sido modificado. Su ama de llaves había colocado todas las cosas de Nicole junto a las suyas, evidentemente porque ella le había caído en gracia. Por supuesto, si se suponía que iban a compartir la cama, tendrían que compartir también el vestidor. Rigo se sintió por primera vez como si se hubiera metido en una madriguera y no pudiera salir.

Salió del vestidor con el ceño fruncido y regresó al dormitorio principal. Allí se encontró a Nicole vestida con un sencillo pantalón de pijama rosa y una camiseta blanca. Estaba metiendo sus cosas en una pequeña maleta y tenía el ceño fruncido.

–He visto que todas tus cosas están en mi vestidor.

Nicole lo miró con incredulidad.

–¿Y es eso culpa mía?

Rigo se pasó la mano por la mandíbula, en la que ya se notaba el nacimiento de la barba. No hacía más que pensar en la miríada de complicaciones que ni siquiera había previsto.

–Tendremos que compartir la cama hasta que pase la boda –dijo él apretando los dientes mientras se quitaba la corbata y la guardaba en la cómoda–. No podemos arriesgarnos a que el personal vaya extendiendo rumores por ahí.

–Eso no va a ocurrir.

–¿Qué te pasa? ¿Acaso temes no poder controlarte?

Observó cómo ella se mordía los labios y apartaba la mirada de la de él. Cuando Nicole volvió a mirarlo de nuevo, él se sorprendió al encontrar ira en vez de vergüenza en sus ojos.

–Esto no es a lo que yo accedí, Rigo –le espetó mirándolo fijamente–. No es... apropiado para lo que hay de verdad entre nosotros.

–Créeme si te digo que no soy una amenaza para ti. Cuento los días hasta que pase la boda tanto como tú.

–En ese caso, ¿por qué tenemos que dormir juntos? Estoy segura de que podrás confiar en tus propios empleados.

–Tengo como regla fundamental no confiar en nadie –respondió él mientras comenzaba a desabrocharse los botones de la camisa. Notó cómo los ojos de Nicole seguían el movimiento–. Se supone que estamos sumidos en la pasión de una historia de amor y por eso nos casamos así. Compartiremos la cama. Fin de la discusión.

–Me alegra ver que tengo algo que decir en todo esto.

–Tanto como yo, *cara* –concluyó él–. Dormir juntos es la menor de nuestras preocupaciones en estos momentos –añadió mientras se quitaba la camisa y la doblaba antes de disponerse a desabrocharse los pantalones.

Levantó la mirada y vio que Nicole le estaba observando. Ella se aclaró la garganta como si fuera a hablar, pero no pudo hacerlo. Rigo estuvo a punto de sonreír cuando ella apartó la mirada y se deslizó rápidamente entre las sábanas cubriéndose con ellas hasta la barbilla. Tal vez Rigo había ganado aquel asalto, pero, ¿quién era el ganador de verdad cuando el premio era una noche de tortura física?

Él terminó de desnudarse, pero se dejó puesto el bóxer. Normalmente, dormía totalmente desnudo, pero decidió que tal vez sería mejor no hacerlo. Se tumbó y se cruzó los brazos por debajo de la cabeza. La respiración de Nicole era lenta y contenida, pero él sentía la tensión que emanaba de ella. En realidad, los dos la sentían. Si bajaban la guardia, serían capaces de desatar una completa locura.

Rigo decidió que le esperaba una noche muy larga.

A la mañana siguiente cuando se despertó, Nicole tardó un momento en darse cuenta de dónde estaba. Al recordar que estaba en la cama de Rigo, contuvo el aliento y se volvió hacia el otro lado. Por suerte, lo encontró vacío. Las sábanas aún desprendían calor, por lo que no podía hacer mucho tiempo que él se había levantado. Al principio de la noche, dormir junto a un hombre tan varonil como él le había parecido una tarea imposible, pero, al final, había conseguido conciliar el sueño. Los acontecimientos del día la habían dejado agotada.

El apartamento estaba en silencio. Anna se había despertado brevemente durante la noche, pero se había vuelto a quedar dormida en la cuna que Rigo le había traído desde su casa con el resto de las cosas de la pequeña. Dado que la niña aún seguía dormida, Nicole se dio una ducha y se aplicó un ligero maquillaje. En silencio, dio las gracias por la eficacia del personal de Rigo a la hora de trasladar sus pertenencias desde La Petite tan rápidamente.

Al pensar que su hermosa granja se viera ocupada muy pronto por nuevos inquilinos sintió que se le hacía un nudo en el corazón. Todos los detalles que ella había añadido para hacerla más acogedora desaparecerían con una nueva capa de pintura o se retirarían. El rastro de Anna y de ella en aquella casa desaparecería para siempre. Esa vida era ya solo un recuerdo.

Había accedido a casarse por Anna. Para darle una relación con su padre y una vida mejor de la que ella podría ofrecerle. Sin embargo, algo seguía inquietándola. Era como si hubiera tratado de huir de la amenaza de los medios para enfrentarse al final a una mucho más inquietante. Rigo.

Se alegró cuando Anna se despertó por fin para poder centrarse en la rutina diaria y evitar los incómodos pensamientos que la acosaban. No tardó en descubrir que no le resultaba tan fácil comportarse con normalidad con un ama de llaves que se anticipaba a todo lo que pudiera necesitar. Se le ofreció un desayuno tipo bufé, junto con una selección de comidas infantiles preparadas especialmente para Anna. La fruta fresca, los dulces y las crepes ocupaban gran parte de la encimera de la cocina.

Nicole le dio las gracias. La comida era mucho mejor de lo que ella preparaba en La Petite. Para ella, nunca hacía otra cosa que tostadas, dado que, antes de marcharse de Londres, siempre había comido en restaurantes y cafés de moda para que la vieran. Sin embargo, aprender a cocinar había sido un gozo inesperado que aprendió mientras estaba embarazada, junto con lo de la limpieza y tener que ser autosuficiente.

Al verse allí, con los biberones de Anna esterilizados y preparados, la ropa lavada y planchada, se sintió un poco... innecesaria. Frunció el ceño, pero, instintivamente, suavizó su gesto.

–Nicole, han llegado las niñeras para la entrevista –le dijo Alberto tras aparecer en la puerta.

–¿Niñeras? –preguntó Nicole mientras se tragaba un trozo de melón y se ponía de pie para hablar con la mano derecha de Rigo–. Yo no he organizado ninguna entrevista.

–Rigo realizó una selección en la agencia más selecta de París –repuso él mientras se alisaba con gesto ausente una arruga invisible de la camisa, como si estuviera aburrido de las tareas que tenía aquel día.

–Yo no quiero niñera –repuso Nicole–. Eso es algo que Rigo debería haber aclarado conmigo en primer lugar.

–Yo soy solo el mensajero. Si tienes algún problema, háblalo con él –le espetó.

Nicole se mordió el labio y agarró el teléfono móvil. Lo llamaría y le diría tranquilamente que no estaba bien que él se hiciera cargo de su vida simplemente porque iban a casarse. Respiró profundamente y luego se detuvo. De repente, se había dado cuenta de que no tenía el número de teléfono de su prometido.

Alberto hizo un gesto de incredulidad cuando ella se lo pidió y tocó la pantalla de su propio teléfono antes de entregárselo a Nicole. Ella evitó la mirada cínica de Alberto. Él le hacía sentirse muy incómoda. El recuerdo de cómo la había acompañado en silencio hasta la puerta de aquel mismo apartamento unos meses atrás jamás la había abandonado.

No tardó en escuchar la voz de Rigo al otro lado de la línea telefónica.

–¿Sí?

–¿Has decidido que alguien va a cuidar de mi hija sin consultármelo a mí primero?

–Sí. He seleccionado una serie de candidatas que van a llegar esta mañana. Como estoy seguro de que Alberto ya te ha informado, dado que me llamas desde su teléfono.

–¿Y por qué das por sentado que yo necesito ayuda, Rigo? La he cuidado perfectamente durante los últimos seis meses. ¿O acaso me consideras incapaz?

Rigo suspiró al otro lado de la línea.

–Nicole, tendrás muchos eventos a los que asistir y el fin de semana de la boda que superar. No creo que te parezca muy práctico tener que caminar hacia el altar con la niña atada a la espalda.

Nicole se mordió el labio. Se había visto tan atrapada por la tormenta de cambios que ni siquiera había pensado quién cuidaría de Anna. Nunca había necesitado a nadie que cuidara de su hija con anterioridad, dado que se había pasado todo el tiempo en casa con ella. Tal vez sí que necesitaría alguien de confianza al menos hasta que la boda pasara...

–Tomaré tu silencio como una disculpa –dijo Rigo–. ¿Hay algo más de lo que te gustaría acusarme esta mañana o ya has terminado?

–No, eso es todo –repuso ella rápidamente. Le ardían las mejillas–. Siento haber dado por sentado que tú pensabas...

–No te preocupes –la interrumpió él. El sonido de otras voces se hizo más audible–. Tengo que dejarte, pero asegúrate de que estás lista esta tarde a las siete.

–¿Lista para qué?

–Vamos a salir a cenar.

Con eso, Rigo dio la llamada por finalizada. Nicole miró con incredulidad el teléfono que tenía en la mano. Rigo acababa de pedirle que estuviera lista a una hora. ¿Así era como iban a ir las cosas a partir de entonces?

Alberto tosió para recordarle su presencia y ella hizo un gesto de desaprobación con los ojos.

–Sí, está bien. Estaré lista en un instante.

Le devolvió el teléfono y suspiró aliviada cuando volvió a quedarse a solas en la cocina. Anna estaba sentada en la trona, chupando muy contenta un trozo de tostada con mantequilla mientras observaba a su mamá con mucha atención.

–¿En qué diablos nos he metido, mi niña? –susurró mientras le apartaba un mechón de cabello del rostro a la pequeña.

Anna respondió con un gorjeo completamente incoherente, tal y como era de esperar. Sin embargo, hizo que Nicole sonriera. Comprendió que para sobrevivir a aquella boda debía centrarse en su hija a cada paso y poner en último lugar sus propias necesidades.

Si al menos su futuro esposo no pareciera tan decidido a ponerle las cosas tan difíciles...

–¿No es un poco exagerado venir aquí? –le preguntó Nicole a Rigo cuando llegaron a la puerta del restaurante, que estaba coronada por un llamativo letrero dorado–. Podríamos haber hablado en privado en el apartamento.

–Aquí se come muy bien y necesitamos que nos vean en público –respondió él mientras la guiaba hacia el interior del local.

Habló brevemente con la persona que sentaba a los comensales. Ella los apartó ligeramente del resto de personas que esperaban para cenar allí. No debería sorprender a Nicole que un hombre con el gusto y la reputación de Rigo hubiera elegido llevarla al restaurante más exclusivo de París.

Un instante después, la señorita los llevó a un comedor privado, en el que les presentó a su propio maître.

El restaurante era uno de los pocos en París en los que Nicole no había cenado nunca. La lista de espera era muy larga y ella solo había estado en la Ciudad de la Luz en visitas muy breves. Era imposible que Rigo hubiera podido conseguir mesa en tan breve espacio de tiempo, aunque fuera multimillonario... a menos que hubiera tenido reservada aquella mesa para cenar con otra mujer. El pensamiento le produjo una extraña incomodidad en el estómago.

Se mordió el labio y se centró en la increíble decoración que los rodeaba mientras un camarero les llevaba las copas con agua helada. Unos ornados espejos dorados se alineaban en la pared del comedor, acompañados de frescos de estilo neoclásico y guirnaldas y rosas de estuco.

–Admito que, últimamente, estoy un poco cansado de la comida gourmet, pero Le Chef Martin es uno de los mejores en París.

Rigo le indicó a Nicole que inspeccionara el menú. Al final, los dos acordaron probar el menú de degustación.

Nicole permitió que le llenaran la copa de un fragante vino dorado. Como era consciente de que no había comido, tomó tan solo un sorbo muy pequeño. Sintió que el vino la caldeaba por dentro inmediatamente.

–Vamos a celebrar una fiesta de compromiso dentro de tres días –dijo Rigo sacándola de sus pensamientos–. El proceso va a ser muy rápido e intenso, por lo que mi equipo de Relaciones Públicas querrá hablar contigo sobre el modo en el que vas a tener que interactuar a partir de ahora con la prensa.

Nicole tragó saliva.

–¿De verdad hay necesidad de todo esto?

–Mi familia espera una boda grande. Lo contrario atraería sospechas –repuso él dejándole muy claro que no estaba dispuesto a discutir aquel punto–. Nos casaremos en un lugar exclusivo y muy secreto a primeros de mes.

–Faltan menos de tres semanas –susurró ella sintiendo que agarraba con más fuerza la copa de vino.

–¿Por qué frunces el ceño? Serás la estrella de tu propio cuento de hadas, Nicole. Yo habría creído que estarías saltando de alegría.

–Porque busco desesperadamente la fama, ¿no? Si a tu ego le viene mejor pensar que estoy encantada de casarme contigo, te ruego que sigas.

Rigo suspiró.

–Tenemos que encontrar el modo de detener esta tensión si queremos convencer a todo el mundo de que esto es verdadero.

–Echaré mano de mis mediocres habilidades como actriz, ¿quieres?

–Hablo en serio, Nicole. Hay mucho en juego para ambos. La prensa no va a ser fácil, pero estoy seguro de que a lo largo de los años la piel se te ha hecho más gruesa.

–No he tenido elección –replicó Nicole mientras se reclinaba en la silla. Cruzó las piernas y se alisó casualmente la falda del vestido para cubrirse la rodilla.

–Entonces, ¿por qué huir de ellos? ¿Por qué no vendiste tu historia inmediatamente?

–¿En vez de venderla ahora, quieres decir? –le espetó ella cuadrándose de hombros ante aquel velado comentario por parte de Rigo–. ¿Por eso estamos aquí? ¿Para que yo confiese mis delitos?

–Simplemente estoy tratando de comprender a la mujer con la que me voy a casar.

–Bueno, yo creo que ya me tienes etiquetada, así que perdóname si no me defiendo –replicó Nicole. Sintió la vergüenza de la acusación cerniéndose sobre ella.

–No te estoy juzgando, Nicole. Tanto si fuiste tú quien filtró la historia a la prensa o no, no me importa. No necesito confiar en ti.

–Me alegro, porque yo jamás confiaré en ti.

–Bueno, en ese caso, estamos ante un inicio excelente para cualquier matrimonio.

Rigo soltó una carcajada muy falsa y tomó después un sorbo de su vino. Después, continuó observándola con su gélida mirada azul.

–Estoy segura de que seremos muy felices –dijo ella secamente.

–Vaya, ahí está de nuevo el sarcasmo. Tal vez no seamos felices a la manera tradicional, Nicole, pero nos debemos el uno al otro que todo sea al menos tolerable. Después de todo, esto será para mucho tiempo.

Nicole volvió a incorporarse en la silla.

–¿Cuánto tiempo has pensado que estemos casados?

–¿Todavía no nos hemos prometido y ya estás pensando en el divorcio?

Al escuchar aquel comentario, Nicole se sintió como si él la hubiera abofeteado.

–Soy consciente de que me ves como una copia barata de mi madre, Rigo. Por favor, deja de insultarme.

Ella se aclaró la garganta y apartó la mirada. Se negaba a mostrar indicación alguna del sentimiento que le hervía bajo la piel.

–Mírame. No era eso lo que quería decir.

Al sentir que Rigo le agarraba la muñeca con la mano, ella volvió a mirarlo. El contacto le provocó una descarga eléctrica por el brazo.

–*Per il amore di Dio*, todo lo que digo no es un ataque deliberado contra ti.

–Llevas elucubrando sobre cómo soy desde el primer momento que nos conocimos. Al menos, sé sincero sobre lo que piensas de mí y tal vez así podamos progresar un poco.

–¿Quieres que sea sincero? Bien. Cuando te vi por primera vez en ese salón de baile, te etiqueté como otra cazamaridos más. No sabía tu nombre, pero conocía a las de tu clase. Estabas desesperada porque alguien se fijara en ti. Tú eras todo lo que yo evitaba deliberadamente y, sin embargo... No podía apartar los ojos de ti –dijo. Se detuvo un instante para tomar un sorbo de vino antes de continuar hablando–. No hacía más que buscarte por toda la sala para tratar de escuchar tu risa. Me resultaba irritante y, a la vez, increíblemente contagiosa. Hacía que quisiera saber desesperadamente qué era tan divertido.

Nicole recordó cuando vio aquellos ojos azules por primera vez. Se había sentido perdida y no sabía por qué.

–Tú me cautivaste, Nicole. Es raro que yo haga algo sin pensarlo dos veces, pero contigo... Creo que ninguno de los dos pensamos mucho después del primer baile.

Nicole sintió que la mirada de Rigo recorría sus rasgos y le bajaba hasta el escote del vestido. El modo en el que la miraba no resultaba incómodo ni inapropiado. Era la misma manera con la que la había mirado aquella noche, tantos meses atrás, como si ella fuera una obra de arte que sus ojos necesitaban adorar y saborear. Como si ella fuera la mujer más hermosa de toda la Tierra.

Se mordió el labio para tratar de calmar las hormonas que parecían habérsele revolucionado en el cuerpo. Debía de ser una combinación del vino y salir a cenar por primera vez en mucho tiempo. Seguro que no tenía nada que ver con la magnética presencia masculina que estaba frente al ella...

–Y ahora mira... Parece que después de todo me he encontrado un esposo –dijo ella alzando la copa a modo de falso brindis. Se sentía desesperada por llevar la conversación a aguas más seguras.

–Si eso fuera cierto, probablemente serías la mujer que planea las cosas con más antelación de toda la historia.

La intención de aquellas palabras era ser una broma, pero Nicole notó una cierta especulación en la mirada de Rigo.

Se vieron interrumpidos por la llegada del primer plato, la especialidad del chef. *Pâté en croute.* Nicole dio el primer bocado y contuvo la necesidad de gemir de gusto. Aquello era mucho más que comida. Era un trabajo de arte culinario. Hizo que la tensión de la conversación remitiera un poco al verse en un segundo plano detrás de la comida.

A partir de ese momento, la cena transcurrió muy lentamente. El chef cambiaba de vino con cada plato. Muy al estilo francés, se tomaron su tiempo. Después de todo, la comida en Francia es un acontecimiento.

Rigo le preguntó sobre su vida en L'Annique. Ella le habló de la granja, La Petite, y de la vida tan tranquila que había llevado allí. Su corazón añoraba aquel pequeño paraíso que se había creado allí para su hija y para ella. La hija que Rigo aún ni siquiera había tomado en brazos.

Cuando el camarero retiró el quinto plato, una suculenta langosta sobre una cama de ruibarbo templado, Nicole se sentía completamente llena y rechazó el postre. Rigo estuvo de acuerdo con ella y mandó al camarero que se marchara y que los dejara solos.

–Tengo algo que darte.

Nicole observó cómo Rigo se metía la mano en el bolsillo de la chaqueta y sacaba un pequeño estuche con una rosa pintada en la tapa. Había estado en París suficientes veces como para saber que el estuche era de Fournier, una de las joyerías más caras de la ciudad. Cuando Rigo se la puso delante, sintió que se le hacía un nudo en el estómago.

Sin decir palabra, abrió el estuche y se tomó un instante para inspeccionar el resplandeciente anillo de diamantes que estaba en su interior. Era enorme. El enorme diamante blanco prácticamente empequeñecía la alianza de platino, que llevaba engastados más diamantes.

–Este anillo... parece muy caro –comentó, sin saber qué decir mientras volvía a colocar el anillo sobre la mesa.

–Te lo he dado para que te lo pongas, Nicole, no para que decores la mesa con él.

Al ver que ella no reaccionaba con la suficiente celeridad, Rigo sacó el anillo del estuche y le tomó la mano. Nicole vio cómo le colocaba el anillo en el dedo. Él examinó el resultado final sin soltarle la mano.

–Ya está. Ahora eres oficialmente mi prometida.

Nicole levantó la mirada y observó al hombre al que había accedido unir su vida. Se mordió los labios e hizo girar el vino que le quedaba en la copa un par de veces.

Un teléfono comenzó a sonar. Rigo se sacó el móvil del bolsillo y frunció el ceño al mirar la pantalla.

–La prensa ha llegado. He hecho que dieran el soplo de dónde estábamos.

–¿Están aquí? –susurró Nicole mirando a su alrededor, como si esperara que las cámaras empezaran a aparecer por las paredes.

–Sí. Fuera. Es hora de que nos marchemos.

Rigo se puso de pie y le indicó al camarero que fuera por los abrigos de ambos.

Nicole se colocó el suyo sobre los hombros y se apresuró a echar a andar detrás de él. Rigo se detuvo justo antes de que llegaran a la puerta. Entonces, se volvió y le agarró la mano a Nicole.

–Lo único que tienes que hacer es comportarte con naturalidad.

Ella asintió, pero temblaba por dentro al recordar la familiaridad de la situación. En aquel caso, pedirle que se comportara con naturalidad era una paradoja. No había nada natural en aquella relación. Nada que le hiciera sentirse cómoda junto a Rigo. Ella había hecho algo así mil veces, prepararse para actuar frente a la prensa. Sin embargo, en aquella ocasión, no estaba sola.

Rigo dio un paso al frente. Los flashes comenzaron a disparar en cuanto la puerta se abrió y los periodistas vieron quiénes eran. De repente, el rostro de Rigo descendió hacia el de ella y le dio un beso en los labios que le quitó el aliento. Nicole se quedó momentáneamente aturdida, pero no se atrevió a moverse. Dejó que el aroma de

Rigo la envolviera y sintió cómo el antebrazo de él la sujetaba con fuerza por la cintura para obligarla a apretarse contra las duras planicies de su abdomen.

Los labios de él se hicieron más exigentes cuando la lengua pidió entrada y se deslizó cálida y firme entre los labios de ella con un ritmo pecaminoso y erótico. Con la otra mano, Rigo le apartó el cabello y luego se la colocó sobre la dulce mejilla, dejando que el calor que emanaba de ella la abrasara por completo. Ella gimió y comenzó a ceder a las deliciosas sensaciones...

Justo en aquel momento, Rigo decidió romper el beso tan rápidamente como había comenzado.

La voz de él resonó baja y ronca en los oídos de Nicole cuando la giró para que los dos pudieran enfrentarse a las cámaras.

–Asegúrate de que vean el anillo.

Capítulo 4

RIGO apoyó las dos manos sobre la encimera de mármol del cuarto de baño. Respiró profundamente y exhaló el aire con fuerza para aliviar la tensión. Había planeado aquel beso porque sabía que algo así los colocaría inmediatamente en las primeras páginas. Sin embargo, su propia reacción lo había tomado por sorpresa.

Estaba muy estresado. Aquella era la única respuesta lógica para que un hombre adulto tuviera que luchar contra su libido después de un único beso. Incluso cuando era un adolescente en el internado había sido capaz de controlar mejor sus sensaciones que el resto de sus compañeros.

Miró su reflejo en el espejo y decidió que lo mejor sería darse una ducha fría. Se desabrochó la camisa y la dobló para meterla en la cesta de la ropa sucia e hizo lo mismo con los pantalones. Acababa de quitarse los calzoncillos cuando la puerta del cuarto de baño se abrió inesperadamente.

Nicole bajó los ojos al ver que él estaba desnudo y se giró para mirar hacia otro lado.

–Dios, lo siento... –gruñó mientras se cubría la boca con la mano.

Rigo tuvo que contener la risa al ver aquella inocente reacción al verlo desnudo. Nicole no era ya una tímida virgen. De eso estaba completamente seguro.

–No hay nada que no hayas visto antes –dijo él disfrutando con la evidente incomodidad que ella presentaba–. No tienes necesidad alguna de fingir que eres tan recatada.

–No estoy fingiendo nada –susurró ella–. Y no creo que resulte apropiado... que sigas aludiendo a acontecimientos del pasado que los dos queremos olvidar.

–¿Acaso te turba pensar en la noche que pasamos juntos?

Rigo dio un par de pasos hacia ella. La necesidad de extender la mano y tocarla resultaba casi dolorosa.

Nicole se dio la vuelta para mirarlo. Entonces, se cruzó de brazos en un gesto que dejaba muy claro que la respuesta era no.

–Es mejor que no nos hablemos el uno al otro de ese modo, eso es todo –replicó ella centrando la mirada en el rostro de Rigo–. Solo necesito recoger mis cosas y me iré al otro cuarto de baño.

–No te preocupes. Me iré yo.

Rigo pasó a su lado para salir por la puerta y notó que el cuerpo de ella se tensaba cuando lo rozaba con el suyo. Parecía que Nicole estaba tan tensa como él.

–Gracias –susurró ella antes de cerrar la puerta sin volver a mirarlo.

Rigo abandonó la idea de darse una ducha de agua fría y decidió que tal vez un whisky le iría mejor. Acababa de ponerse un par de pantalones de chándal cuando un fuerte ruido salió del cuarto de baño.

–¿Estás bien? –le preguntó mientras agarraba el pomo con la mano.

El sonido de la tela y un delicado gruñido pudo escucharse al otro lado de la puerta.

–¿Necesitas ayuda? –insistió él esperando de corazón que la respuesta fuera negativa.

–Estoy bien –replicó ella, pero tenía la respiración agitada.

Pasaron unos instantes antes de que la puerta se abriera y Nicole apareciera vestida con un sencillo camisón rosa. Tenía el cabello revuelto y un aspecto tan delicioso que Rigo trató de apartar la mirada. No pudo hacerlo. Había visto que Nicole se había herido en el omóplato.

–*Madre di Dio*, ¿qué te ha pasado? –le preguntó Rigo al ver que todos los frascos estaban desordenados encima del lavabo y por el suelo.

–Nada... Solamente me resbalé. Creo que me he desgarrado el vestido –susurró ella mientras le mostraba la prenda arrugada entre las manos.

Él extendió la mano y tocó la piel enrojecida con los dedos.

–Me preocupa más tu brazo que el maldito vestido. ¿De verdad crees que abrirte la cabeza es mejor que pedir ayuda?

–¿Y quién hubiera dicho que quitarse un vestido sola pudiera ser tan peligroso? –replicó ella mientras rompía el contacto–. Creo que sobreviviré.

Se alejó de él para ir a colgar el vestido.

–Trataría de coserlo yo sola, pero se me da fatal cualquier cosa que requiera precisión.

–Eso no me sorprende –repuso él mientras miraba con intención los zapatos que ella había dejado sobre el suelo.

–¿Qué es lo que quieres decir con eso?

–Has desatado un pequeño tornado en mi cuarto de baño –respondió él mientras indicaba los frascos y cepillos que había por todas partes en su habitualmente impecable cuarto de baño.

–Eso es diferente. Me caí. Sin embargo, no me importa que las cosas no estén alineadas perfectamente. He notado que tú eres ordenado hasta el exceso. Casi tengo miedo de tocar nada en el vestidor.

–Me gusta la organización.

–Y a mí un caos organizado.

Agarró un par de calcetines rosas y se los puso en los pies. Para Rigo resultaba muy extraño verla así. No recordaba haber visto a ninguna mujer de esa guisa, pero nunca antes había vivido con una. Había pasado la noche con novias, pero ninguna había prescindido del maquillaje y los camisones que se ponían dejaban muy poco a la imaginación.

Las mejillas de Nicole estaban sonrojadas por la pelea que había tenido con la cremallera del vestido, pero el resto de su piel era muy blanca, en contraste con las oscuras ondas de su cabello. El camisón que llevaba le llegaba hasta la rodilla, por lo que no se podía considerar un instrumento de seducción. Sin embargo, ver sus rotundos pechos apretándose contra el suave algodón hicieron que la libido de Rigo cobrara vida una vez más.

–Esto es la clase de cosas que puede terminar con un matrimonio –bromeó Nicole entrometiéndose en los poco inocentes pensamientos que Rigo estaba teniendo. Entonces, ella agarró los zapatos que había dejado por el suelo y les buscó un sitio–. Mi madre dejó a su tercer marido porque hacía demasiado ruido al masticar. Decía que le daban ganas de envenenarle la comida... –añadió sacudiendo la cabeza.

–Entonces, ¿mi obsesión por el orden podría ser la causa de nuestro divorcio? –le preguntó Rigo mientras observaba con trepidación cómo ella empezaba a mover algunas cosas en el vestidor.

–Eso si no te vuelvo loco primero con mi desorden.

–Pareces muy interesada en que nuestro matrimonio termine –dijo Rigo mientras observaba cómo la sonrisa de Nicole se le helaba en el rostro.

–¿Y por qué si no hubieras hecho que redacten un

acuerdo prenupcial si no esperas que fuera así? –replicó ella mientras salía del vestidor y cerraba la puerta–. He estado en bastantes bodas de mi madre para saber que no debo ser ingenua. Los matrimonios terminan, Rigo. Así son las cosas.

–¿Y cuando llegue ese final inevitable, ¿qué harás tú? –le preguntó. Le sorprendía ver que le interesaba la respuesta.

–¿Te refieres a si me buscaré otro marido rico como mi madre o si tú serás el principio y el fin de mi ilustre carrera?

Rigo se acercó a ella muy enojado. Una vez más, Nicole había tergiversado sus palabras. Sin embargo, no tardó en darse cuenta de su error. Se quedó quieto, pero ya había caído en las garras de su aroma. Además, vio lo dilatadas que ella tenía las pupilas. Podría llevársela a la cama y dejar que los dos se desfogaran con la pasión que ardía entre ellos. Nicole lo deseaba igual de desesperadamente. Lo notó en el modo en el que humedeció los labios con la punta de la lengua.

Rigo le deslizó la mano por la mandíbula. Los cuerpos de ambos estaban separados por un mínimo espacio. Las manos de ella se colocaron sobre los hombros de él. Rigo le rodeó la cintura con las manos. No había nada que deseara más que arrancarle la ropa para ver si los recuerdos que tenía del cuerpo desnudo de Nicole eran sencillamente una exageración del cerebro.

Permanecieron así unos instantes hasta que, por fin, ella dio un paso atrás. Rigo estuvo a punto de lanzar un gruñido, mezcla de alivio y de la desilusión que sintió en aquellos momentos.

Ella se apartó un mechón de cabello del rostro.

–Esto es tan solo el resultado de habernos visto forzados a estar en un espacio tan reducido –dijo mientras se sentaba en la cama–. Voy a dormir.

Rigo parpadeó y trató de convencer a su cuerpo que siguiera por el mismo camino que su mente. Él no iba a poder dormir en un futuro cercano. Tenía aún la respiración acelerada, como la de ella. Se había dado cuenta de que Nicole tenía las mejillas sonrojadas a pesar de que ella se las tapó rápidamente con las sábanas.

–Tengo trabajo que hacer –gruñó él. Necesitaba poner distancia entre ambos–. Seguramente, mañana me habré marchado antes de que te levantes, pero Alberto estará a mano si necesitas algo.

Con eso, se marchó del dormitorio.

No sabía por qué la facilidad que ella tenía para marcar fronteras le preocupaba. Él había hecho lo mismo. Debería estar agradecido de que Nicole no estuviera persiguiéndolo descaradamente para ganar más terreno en la situación en la que se encontraban...

Un viaje inesperado a Nueva York mantuvo a Rigo casi una semana alejado de París. Por suerte, pudo cambiarse de traje en el avión, lo que le permitió llegar al apartamento diez minutos antes de que tuvieran que marcharse a la fiesta de compromiso.

La niñera estaba con Anna en brazos en el salón. La niña sonreía y parecía muy contenta en brazos de la mujer.

–*Monsieur* Marchesi –le dijo. Entonces, se acercó a él con la intención de darle a la niña para que la tomara en brazos

Rigo negó con la cabeza.

–Tengo que hacer una llamada –replicó. Sin embargo, la mujer se limitó a sonreír y le colocó a la niña en brazos antes de que él pudiera seguir protestando.

–Volveré en un momento. Mire que feliz está de encontrarse en los brazos de su papá.

Rigo se quedó completamente inmóvil cuando la niñera desapareció en la cocina. Se sentía incómodo. La niña prácticamente no pesaba nada, pero, sin embargo, se sentía como si tuviera una piedra en brazos. ¿Qué estaba haciendo allí? Aquello era exactamente la razón por la que había estado evitando el apartamento. Debería haber recogido a Nicole en la puerta, tal y como había planeado.

Anna lo miró con unos ojos azules idénticos a los suyos, pero llenos de curiosidad. Extendió la manita para agarrarle la corbata. Cuando se la sacó fuera de lugar, frunció el ceño. Era una niña muy seria. Rigo sintió el impulso de echarse a reír con su tenacidad, pero respiró aliviado cuando la niñera regresó con un biberón. Rigo le devolvió la niña a la niñera y murmuró algo sobre su llamada antes de salir a la paz y la intimidad de la terraza.

Se inclinó sobre la balaustrada. El sol se estaba poniendo sobre la icónica Torre Eiffel. Normalmente, aquella vista lo calmaba incluso en el día más ajetreado, pero, en aquellos momentos, no consiguió calmar los demonios de su pasado, que amenazaban con escaparse de los rincones de su subconsciente.

Había pensado que su principal problema era mantener a raya la atracción que sentía hacia Nicole, pero le había resultado imposible encontrar el modo de enfrentarse al hecho de que era padre de una niña. Su hija era una Marchesi de la cabeza a los pies. Al principio había preferido ignorar el parecido, pero en las pocas veces que la había visto desde que llegó a su vida, se había ido sintiendo cada vez más atraído por ella.

Cuando le dijo a Nicole que quería ocupar su lugar en la vida de la niña, lo había dicho en serio. Sin embargo, no tenía ni idea de cómo comenzar a hacerlo. ¿Cómo se disculpaba uno ante una niña por haberse perdido los primeros seis meses de su vida?

Rigo se pasó una mano por la mandíbula y sintió que

la tensión se apoderaba de él. Lo único que tenía que hacer era superar las siguientes semanas hasta que tuviera lugar la boda. Entonces, podrían empezar a ocupar espacios separados. Tal vez eso sería mejor para la niña que tener a un virtual desconocido molestándola cuando tratara de jugar a ser papá.

Sacudió la cabeza. Aquella noche, tenía que estar muy centrado. Aquella fiesta de compromiso era una oportunidad perfecta para que la empresa acabara públicamente con los rumores. Asistirían trescientos invitados de prestigio. El grupo Marchesi tenía que capitalizar aquella oportunidad.

Su plan había sido un éxito desde el momento en el que la foto del beso apareció en los tabloides. Las fotografías del anillo de Nicole se habían hecho virales y ella había sido examinada hasta el más mínimo detalle. Su pasado como estrella infantil, sus infructuosos intentos para triunfar como actriz... Sin embargo, en general, la respuesta de los medios había sido positiva. La prensa estaba encantada con aquel giro de los acontecimientos y las acciones de la empresa habían subido como la espuma.

Para una empresa dedicada a la moda no podía haber mejor publicidad que la boda de su director. El equipo de Rigo se había ocupado de todo. Se había reservado la fecha y ya estaba el papeleo preparado. Cuando pasara aquella noche, el mundo entero estaría pendiente de que la pareja de la que más se estaba hablando en aquellos momentos se diera el sí frente al altar.

Por supuesto, el seguimiento de todo lo que estaba ocurriendo resultaba un poco molesto, pero era necesario. Cuando pasara la boda, volverían a hacer salidas muy escogidas como pareja y mantendrían a Anna alejada de los medios con una orden de protección.

–No estaba segura de que fueras a llegar a tiempo.

La voz de Nicole resonó a sus espaldas. Rigo se dio

la vuelta y se quedó atónito al ver lo hermosa que estaba.

Las oscuras ondas de su cabello estaban peinadas hacia un lado, de un modo que recordaba al viejo Hollywood. Sus ojos tenían un aspecto muy seductor e intenso. Un brillante carmín rojo hacía destacar los labios. Rigo sintió que la boca se le secaba al notar cómo el vestido azul claro parecía ceñir cada curva de su cuerpo deliciosamente. Vagamente, recordaba aquel vestido como uno de los diseños exclusivos de la colección de Alta Costura de la temporada siguiente. Se trataba de una deliciosa creación de encaje azul claro y relucientes cristales. El efecto era increíble. Además, la falda se hacía transparente a mitad del muslo, lo que dejaba al descubierto unas piernas espectaculares.

Al darse cuenta de que ella lo miraba con expectación, esperando un comentario que él aún no había realizado, se aclaró la garganta.

–Yo jamás dejaría plantada a mi prometida –dijo mirando el reloj–. Cuando dije a las siete, no me refería a que tuviera que ser con precisión militar.

–Resulta difícil retrasarse con un equipo de maquilladoras y peluqueras ocupándose de ti. Por cierto, gracias por ocuparte de organizarlo todo.

Rigo se encogió de hombros.

–Esta noche necesitas causar sensación. Ahora tenemos que marcharnos.

Los dos entraron de nuevo en el salón. Como Nicole iba delante, Rigo se vio envuelto por el dulce aroma del perfume que ella llevaba puesto. Nicole se tomó un instante para hablar con la niñera antes de seguir a Rigo con una mirada de asombro en los ojos.

A él no le importaba que ella estuviera disgustada porque no le hubiera dedicado ningún cumplido. Aquella iba a ser su fiesta de compromiso, pero no era una cita.

Cuanto menos cómodos se sintieran el uno en compañía del otro hasta que hubiera pasado la boda, mucho mejor.

Nicole contuvo el aliento cuando el coche se detuvo por fin. Rigo había estado todo el trayecto hablando por teléfono, pero colgó la llamada justo cuando el chófer les abrió la puerta.

Nicole esbozó la mejor de sus sonrisas y salió detrás de su prometido para luego aceptar el brazo que él le ofrecía como apoyo. Las cámaras disparaban desde todos los ángulos cuando por fin los dos se detuvieron al pie de las escaleras que daban acceso al hotel para posar para los fotógrafos. Se les hacían preguntas en todos los idiomas, algunas inocentes, sobre la boda y sobre el vestido que Nicole llevaba aquella noche. Sin embargo, una periodista en particular no perdió tiempo alguno en entrar a matar.

–¿Cómo se siente al haber cazado a un millonario, señorita Duvalle? –le preguntó la mujer ácidamente–. Su madre debe de estar muy orgullosa.

Nicole no dejó de sonreír y trató de ignorar la provocación. Miró a Rigo y vio que él se mostraba tranquilo, con la misma sonrisa que mostraba siempre a la prensa. A él también le estaban haciendo preguntas sobre la subida de las acciones de la empresa en los últimos días. Nadie le preguntó sobre su pasado sexual ni realizaron suposiciones sobre su personalidad. A él lo trataban como a una persona. Lo respetaban.

Nicole siguió sonriendo para las cámaras, moviendo su cuerpo para que pudieran sacar buenas imágenes del vestido.

–Pareces muy cubierta, Nicole –le preguntó un joven periodista–. ¿Te ha ayudado tu prometido a mejorar tu gusto por los vestidos arriesgados?

–¿Sigues teniendo problemas con el alcohol? –quiso saber otro.

–¿Cómo piensas perder el peso que te sobra antes de la boda?

Nicole tragó saliva a medida que los dardos iban impactando en ella. El equipo de Relaciones Públicas les había dejado muy claro lo que debían o no debían contestar. Sin embargo, parecía que cuanto más ignoraba aquellos asaltos, más enconados se volvían estos.

Rigo salió indemne de la prueba, pero ella volvió a sentirse como si tuviera de nuevo catorce años, cuando la lanzaron frente a los paparazzi como si fuera un jugoso filete para una manada de perros hambrientos. Todos querían un trozo de la hija de la viuda dorada. Querían que fuera tan escandalosa como su madre.

–¿Y la niña, Nicole? ¿Quién va a tener la exclusiva de la pequeña Anna?

Nicole se quedó inmóvil.

–¿Quién ha hecho esa pregunta? –quiso saber sin poder contenerse. Rigo le indicó que guardara silencio, pero ella se mantuvo firme–. ¿Quién ha sido? Nadie hablará de mi hija. ¿Entendido?

Vagamente, notó que Rigo le agarraba la cintura y la estrechaba contra su cuerpo.

–Sonríe y camina, Nicole –le susurró con dureza.

Ella se echó a temblar. A duras penas, consiguió esbozar una última sonrisa antes de dejar que Rigo la condujera hacia el interior del hotel. Cuando estuvieron dentro, alejados de los ojos curiosos de la gente, Rigo se volvió a mirarla. Apenas podía controlar su frustración.

–Has estado a punto de perder el control ahí fuera –le advirtió.

–Pero no lo hice...

–Por los pelos.

Rigo le colocó una mano debajo de la barbilla y la obligó a levantar la cabeza para mirarlo.

–Necesitas practicar la cara de póker

–¿Me estás diciendo que no te afecta cuando pronuncian el nombre de tu hija? ¿Cuando hablan de ella como si fuera un artículo con el que negociar?

–Es su trabajo. Tienes que ser más dura.

Nicole sacudió la cabeza con incredulidad. Por supuesto a él Anna no le importaba. Lo único que tenía interés para él era ver cómo aquella relación afectaba a los precios de las acciones.

Nicole dio un paso atrás, alejándose de él.

–No quiero que hablen de mi hija. No me importa lo que digan o piensen de mí.

Con eso, se dio la vuelta y se dirigió hacia el ascensor que los llevaría hasta la planta superior, donde se iba a celebrar su fiesta.

Rigo se acercó a ella.

–Tal vez podrías fingir que te alegras de estar aquí

Nicole no contestó. Volvió a ocultarse bajo su mejor sonrisa y se centró en mantener el mínimo contacto físico con su prometido. Cuando llegaron al opulento salón de baile y saludaron a todos sus invitados, esa tarea se hizo muchísimo más difícil. Cada vez que saludaban a una persona, Rigo aprovechaba la ocasión para abrazarla o estrecharle la cintura. Su seductora sonrisa y sus miradas veladas ciertamente eran para la galería, pero ella no podía evitar sentir cómo se le aceleraba el pulso cada vez que él la tocaba.

De repente, un hombre se colocó delante de ella y le dio un ligero puñetazo a Rigo en el brazo. Nicole dio un paso atrás, pero Rigo no pareció en absoluto atemorizado por el gesto. Más bien comenzó a sonreír de alegría.

–*Fratello!* ¡Lo has conseguido! –exclamó mientras abrazaba con fuerza al recién llegado. Después de unos instantes, dio un paso atrás y volvió a rodear la cintura de Nicole con un brazo–. Nicole, este es mi hermano Valerio.

Nicole le ofreció la mano y una cortés sonrisa y trató de ignorar la frialdad que notó en la mirada de su futuro cuñado. Aparte de los ojos azules, los dos hermanos eran muy diferentes. Rigo era alto y atlético mientras que Valerio era más grueso y corpulento. Sin embargo, los dos compartían la habilidad de conseguir que una mujer sintiera su desaprobación.

–Bueno, pensé que al menos un miembro de nuestra familia debería estar presente en tu gran fiesta –le dijo Valerio a Rigo ignorándola a ella completamente.

–¿Es que no van a venir tus padres? –le preguntó Nicole a Rigo.

–En estos momentos están haciendo un crucero por el océano Índico –explicó él–, pero regresarán a tiempo para la boda.

Nicole asintió y se mordió los labios. Si el hermano de Rigo mostraba tan abiertamente su desaprobación, no quería ni pensar cómo sería su madre.

Nicole miró a su alrededor, a los invitados que los observaban tan atentamente. La conversación en voz baja y las miradas de soslayo no lograban ocultar la curiosidad que sentían. Todos se estaban preguntando lo mismo. ¿Por qué estaban allí? Era de sobra conocido por todos que Rigo Marchesi era un soltero empedernido. De repente, tenía prometida y una hija de seis meses. De pronto, lo ridículo de aquella situación se hizo insoportable. Ella necesitaba una copa... o dos o tres.

Rigo observó cómo Nicole se dirigía hacia el bar. Se había excusado cortésmente, pero él había sentido la tensión en ella desde el momento en el que entraron en el salón de baile. Estaba muy nerviosa. Igual que él.

–Entonces, tu prometida... –dijo Valerio con una sonrisa que no se le reflejaba en los ojos–. ¿Qué ha sido? ¿Un noviazgo de una semana?

–¿Qué te puedo decir, hermanito? El que sabe, sabe –respondió él encogiéndose de hombros.

–Esta situación es como si la historia volviera a estar repitiéndose. ¿Estás seguro de que esa niña es tuya?

–Ni siquiera voy a dignificar esa pregunta con una respuesta –le espetó Rigo.

–Sé que aún no se lo has dicho a mamá. Solo porque estén en medio del océano no significa que no tenga un teléfono en el que no puedas ponerte en contacto con ella.

–Pensé que sería mcjor esperar hasta que hayan terminado su viaje.

–Tienes miedo de contárselo –afirmó Valerio–. Yo también lo tendría. Después de que te lanzaras a pedirle matrimonio a la última...

Rigo sintió que todos los músculos de su cuerpo se tensaban al escuchar cómo su hermano le recordaba una época en la que era más joven y ciertamente mucho más ingenuo. Resistió el impulso de pegarle un empujón y tirarle al suelo, tal y como habría hecho cuando eran niños. Tal vez lo haría en un futuro, en un lugar menos concurrido.

–No hablemos más de eso. Esta noche no –le dijo Rigo mientras indicaba a un camarero que le diera una copa–. Estamos aquí para brindar en honor de mi hermosa prometida.

Alzó la voz para que todos los presentes se unieran a él y terminar así con la incómoda conversación que estaba teniendo con su hermano.

Nicole respiró profundamente y trató de ignorar el rubor que le cubría las mejillas. Se detuvo para tomar una copa de champán de un camarero que pasaba por allí. No tardó mucho en verse monopolizada por los invitados. Todos querían saber más de la mujer que por fin había conseguido que el escurridizo Rigo Marchesi se dispusiera a sentar la cabeza.

El equipo de Relaciones Públicas de Rigo le había aconsejado que se ciñera a lo esencial y que evitara las preguntas incómodas sobre el tiempo que habían estado separados. Después de unos minutos, sintió que los nervios iban pasando. De repente, se encontró disfrutando de su fingimiento. Habló de su prometido con los adornos debidos y se refirió a su relación con la ilusión de una mujer que acababa de comprometerse.

Después de la tercera vez que recitaba la misma historia, prácticamente comenzó a creérsela. ¿No sería maravilloso si fuera cierta? Tomó un sorbo de champán y escuchó como el grupo de mujeres que la rodeaba alababan el anillo. ¿Cómo sería estar comprometida de verdad con Rigo Marchesi, si aquella hubiera sido de verdad una celebración de su amor con la familia más cercana y los amigos más íntimos y si ella fuera de verdad la mujer que él amaba?

Mientras contaba la historia por cuarta vez, notó que se producía un ligero revuelo en las puertas de entrada al salón de baile. La voz de una mujer resonó con fuerza por encima de la suave música de jazz.

–¡Esta es la fiesta de mi hija, imbécil! –gritaba con un fuerte acento de Londres antes de volver a mirar a los invitados con una sonrisa en los labios–. Mira de nuevo tu maldita lista.

Un guardia apareció inmediatamente al lado de Goldie Duvalle y le habló en voz muy baja. Fuera lo que fuera lo que el hombre le dijera, hizo que Goldie torciera el rostro de desagrado. Entonces, como si fuera a cámara lenta, las características uñas rojas de su madre aparecieron en el acto y golpearon al guarda en la mejilla.

Nicole rezó para que el suelo se abriera y se la tragara en aquel mismo instante. Miró a Rigo y vio que él asentía lentamente al guardia. El hombre dio un paso atrás mientras se cubría con la mano la enrojecida mejilla. Goldie escaneó la sala y no tardó en encontrarla.

–¡Ahí estás, amor mío! –exclamó exageradamente mientras se dirigía hacia ella sobre unos tacones imposibles y luciendo un escote muy llamativo. Al llegar a su lado, abrazó a Nicole con profundo dramatismo.

–Madre, ¿qué estás haciendo aquí? –susurró Nicole en voz baja mientras trataba de zafarse de la descarada exhibición de afecto maternal por parte de Goldie.

–He venido a celebrar tu compromiso con el resto de estas personas. Supongo que mi invitación se ha perdido en el correo, así que no pienso hablar más al respecto.

Nicole se aclaró la garganta y dio las gracias en silencio a la banda por haber subido el tono de la música para conseguir que la fiesta recuperara el ritmo después de la incómoda interrupción.

–Yo no te he invitado y sabes por qué.

–Dejémonos de dramatismos en una ocasión tan maravillosa, amor mío –dijo mientras apretaba la mano de Nicole con la suya en un gesto ridículo–. Decidí que ya era hora de enmendar nuestras pequeñas diferencias. No me gustaría perderme la boda de mi única hija debido a un estúpido malentendido.

Nicole apretó la mandíbula. ¿Un malentendido? Decidió que no se pondría al nivel de su madre. Era la anfitriona de aquella fiesta y tenía que representar su papel.

–Si quieres quedarte, está bien. No voy a atraer más la atención sobre ti echándote, así que disfruta de la fiesta. Ya la has estropeado más de lo que es suficiente.

Había esperado que su madre decidiera irse sin hacer ruido, pero tendría que haberse imaginado que su madre jamás le pondría las cosas tan fáciles.

–¿Estropeado, dices? –repitió Goldie alzando mucho la voz–. Te aseguro que no soy una niña traviesa. Solo quería ver a mi hija. ¿Tan malo es eso?

Nicole sintió que, poco a poco, iba perdiendo el control.

–Hace más de un año desde la última vez que hablamos. Ni siquiera conoces a tu nieta.

Su madre le agarró de nuevo la mano para evitar que se marchara. Los ojos se le llenaron de lágrimas.

–Tienes razón, querida. Me he comportado de un modo horrible. Sin embargo, tienes que comprenderlo... No me escuchabas.

Nicole retiró la mano.

–Te enfadaste porque me negué a vender mi historia a la prensa. Nada más y nada menos.

–¡Estaba preocupaba por ti! No podía consentir que mi hija arrojara su futuro y que pensara en criar sola a una niña cuando las dos podíais haber vivido a todo lujo. Sin embargo, por suerte, ese argumento es irrelevante ahora....

Goldie respiró profundamente y sonrió.

–Ahora, mírate. Mi Nicole comprometida con un multimillonario, viviendo en su ático.... Me alegra ver que no has permitido que tus estúpidos principios se interpusieran con el sentido común.

Nicole sintió náuseas al ver la mirada de aprobación que había en el rostro de su madre.

–¿Estás tratando de decir que yo quería esto?

–Por supuesto que no –comentó Goldie riendo–. No abiertamente. Eres orgullosa, como lo era tu padre, que Dios lo tenga en su Gloria. Pero tienes suerte de tenerme a mí velando por ti y facilitándote las cosas para que hagas lo más sensato.

Nicole observó la sonrisa de su madre y sintió que se le hacía una pelota en el estómago. De repente, lo comprendió todo. Había estado tan ciega... No había querido creer que su madre pudiera haber sido capaz de algo tan frío. Sin embargo, no lo sabía nadie más. Nadie más que su madre había sabido quién era el padre de Anna.

Goldie prosiguió sin darse cuenta de lo que ocurría.

–Ahora eres madre. Ya sabes lo que es querer tan solo lo mejor para tu hija –añadió mientras agarraba una copa de champán de una bandeja y se la bebía de un trago–. No hay necesidad de darme las gracias por mis esfuerzos. Dios sabe que jamás pensé que ese necio te pediría matrimonio, por lo que no puedo reclamar el mérito de eso también. Lo único que te pido es que ahora te aferres a él y que no se te escape.

–Fuiste tú –le espetó Nicole sin poder contenerse más. Tú diste el soplo, ¿verdad?

–No te preocupes. Fue anónimo. Nadie lo sabrá nunca.

–¡Lo sabré yo! –exclamó Nicole, furiosa–. ¿Cómo pudiste?

–No te comportes como si yo fuera la mala de la película –repuso Goldie mientras agitaba un dedo frente al rostro de Nicole–. Las dos sabemos que te he hecho un favor. Es decir, ¿qué otra cosa podías hacer que casarte por dinero con la carrera que tienes? Es como si fuera nuestro pequeño negocio familiar –añadió riéndose. Se detuvo en seco al ver que la expresión de Nicole se enfurecía–. Lo único que quería era una vida normal para mi hija.

Nicole tragó saliva. Era inútil tratar de explicarle a su madre el concepto de normalidad. Su madre había ansiado el estrellato desde el momento en el que se marchó de casa para convertirse en modelo a la edad de dieciséis años. Siempre se trataba de lo que Goldie quería. No importaba nada más. En aquellos momentos no tenía fuerzas para enfrentarse a la lógica narcisista de su madre.

La sonrisa de Goldie cambió ligeramente y Nicole sintió que una mano muy fuerte se le posaba sobre la cadera. Rápidamente reconoció el aroma que la envolvía. Sin embargo, le fue imposible volverse para mirarlo. No quería que él viera su vergüenza. Desde siempre, él había creído lo peor de ella. Cuando se enterara de que su madre había sido el catalizador que había provocado todo aquel lío, jamás creería que Nicole no había tenido nada que ver.

–Señora Duvalle, encantado de conocerla –dijo Rigo con una sonrisa mientras tomaba brevemente la mano de Goldie.

Nicole estuvo a punto de vomitar al ver la apreciación que se reflejaba en el rostro de su madre al ver a Rigo y el modo en el que le colocó las infinitas uñas rojizas sobre el antebrazo.

–Muy pronto volveré a ser de nuevo la señorita Duvalle, me temo –observó. Parpadeó una vez. Dos veces–. Mi esposo número siete no me ha traído la suerte después de todo. A menos que la suerte se la haya quedado toda él para compartirla con todo el mundo menos con su esposa...

–Lo siento –repuso Rigo con voz sincera.

Aún tenía la mano sobre la cadera de Nicole. Ella trató de ignorar las sensaciones que aquella mano evocaba y trató de tragarse el nudo que se le estaba formando en la garganta al escuchar las palabras de su madre.

Por eso había esperado hasta aquel momento para contar la historia de su hija. Su vida privada no había sido más que una póliza de seguros para cuando el último matrimonio de Goldie fracasara.

–Me interesan mucho más tus buenas noticias –ronroneó Goldie tocando de nuevo el brazo de Rigo–. Había esperado que podríamos celebrarlo todos en privado... como una familia...

Nicole no lo pudo aguantar más. No pudo quedarse allí ni un instante más escuchando las vacías palabras de su madre. Se apartó de Rigo y se excusó rápidamente. Entonces, se dirigió a la salida más cercana con toda la velocidad que pudo reunir. La ira que sentía, el dolor por la traición de su madre era demasiado para ella. Necesitaba escapar.

Capítulo 5

NICOLE llegó hasta el rellano donde estaban los ascensores y respiró profundamente. Entonces, apretó el botón de llamada y trató de tranquilizarse.

Se lo tendría que decir a Rigo. No le gustaba que se la considerara una persona deshonesta. En realidad, seguramente no le sorprendería mucho con lo que ya sabía de su madre. Sin embargo, tenía que admitir que preferiría que él no tuviera que saber la verdad.

No quería decirle que la razón por la que había desaparecido hacía un año había tenido menos que ver con él y más con su madre, que incluso había esperado entonces poder utilizar a su nieta para conseguir publicidad incluso antes de que naciera. Tal vez lo más embarazoso de todo era que había preferido huir en vez de mantenerse firme. Huir tal y como acababa de hacer en aquel momento.

Observó que un ascensor se dirigía hacia la planta en la que ella estaba. Ni siquiera sabía dónde iba a ir, por el amor de Dios...

¿Tan débil era que ni siquiera podía mostrarse firme por su propia hija? Un año antes había estado embarazada y asustada. Había recurrido a Goldie en el momento en el que más necesitaba a su madre, pero se había topado con su egoísmo y avaricia. Había sido una estúpida al pensar que su madre podía dejarse llevar por algo que no fuera su propia agenda.

No se sentía disgustada. Hacía mucho tiempo que había dejado de llorar por cosas que era incapaz de cambiar. Solo se odiaba a sí misma por el modo en el que siempre parecía dejar que su madre controlara su vida. Había hecho exactamente lo que Goldie esperaba de ella. No tenía por qué haber acudido a Rigo para pedirle su ayuda y mucho menos aceptar su propuesta de matrimonio.

Tal vez era como su madre...

Aquel pensamiento la dejó sin respiración un instante. ¿Sería eso?

El ascensor llegó por fin. Rápidamente se introdujo en su interior. Las puertas empezaron a cerrarse, pero se detuvieron de repente.

–¿Adónde te crees que vas? –le preguntó Rigo mientras abría la puerta con el hombro y bloqueaba la única manera que Nicole tenía de escapar.

–No lo sé... Solo necesitaba salir de ahí.

–No había necesidad alguna de salir de ese modo de la sala, llamando la atención de todo el mundo.

Nicole se maldijo en silencio. Por supuesto, todo el mundo se habría dado cuenta. Seguramente estarían especulando qué era lo que habría ocurrido. Reclinó la cabeza sobre la pared del ascensor y se preparó para lo que venía a continuación.

–Nicole...

–No me puedo casar contigo –dijo ella por fin, mirándolo a los ojos–. No puedo seguir adelante con la boda.

Él quedó completamente en silencio. Entonces, entró en el ascensor y dejó que las puertas se cerraran a sus espaldas.

–Hablo en serio, Rigo.

–Te he oído –afirmó él. Apretó un botón del panel de control. Una voz surgió del altavoz y Rigo repuso en perfecto francés, mirando brevemente a la cámara de seguridad que había en un rincón. El ascensor cobró vida y comenzó a subir lentamente.

–¿Dónde vamos? –le preguntó Nicole.

–A un sitio en el que podamos hablar a solas.

Las puertas del ascensor se abrieron por fin y revelaron un pasillo en el que había tres puertas dobles con placas doradas que portaban los nombres de los presidentes de la República Francesa.

Nicole siguió a Rigo y los dos se dirigieron a la primera puerta. La suite que había al otro lado era enorme y decorada con muebles antiguos.

–¿Te suelen dejar que utilices la suite más cara del hotel para poder hablar en privado con alguien?

–Me dejan hacer lo que quiero.

–Yo diría que esa clase de libertad es muy agradable –comentó ella. Se mordió el labio, sintiendo que lo ocurrido en los últimos días estaba a punto de pasarle factura.

–Ahora estamos a solas. Tú dirás.

Rigo se apoyó contra la mesa del comedor. La observaba con una intensidad que hizo que ella se echara a temblar. ¿Cómo podía empezar a contarle qué era lo que le ocurría en aquellos instantes? Lo único que sabía era que todo su ser le pedía que saliera corriendo, lejos de aquel hotel y de aquel ridículo plan. Y de él.

Se colocó la mano sobre el pecho y se giró para apartarse del escrutinio al que él la estaba sometiendo. Al ver la puerta que conducía hacia la terraza, se dirigió hacia ella y vio que había un espectacular jardín. Hizo girar el pomo y sintió cómo el frío aire de la noche le llenaba los pulmones. Por fin pudo respirar sin sentir que se estaba ahogando.

Cuando salió a la terraza, oyó que él la seguía. No dijo nada y Nicole supuso que al menos por eso debía estarle agradecida. Necesitaba relajarse para poder regresar a la fiesta. Tendría que hacerlo. No era tan cruel como para avergonzarle de ese modo en público tal y como él había hecho con ella.

El recuerdo lejano de Rigo riéndose de ella en aquel club amenazaba con apoderarse de ella. Sin embargo, no creía en la venganza ni en el ojo por ojo.

–Esta vista es espectacular.

Sintió que se le aclaraba la cabeza. Se inclinó sobre la pared de piedra para asomarse a los tejados de París, que estaban mucho más abajo. Estaba segura de que si se movía un poco más hacia delante, podría ver la calle en la que estaba el apartamento de Rigo. Se inclinó un poco más.

Unas fuertes manos le agarraron los hombros y la obligaron a apartarse de la pared. Sintió el aliento de Rigo en la nuca, cálido contra la piel desnuda.

–Yo puedo admirar la vista desde la distancia, pero no a inclinarme sobre ese muro.

–Solo estaba mirando... –susurró ella. La voz le salió más ronca de lo que había imaginado.

–¡Qué raro! Yo me digo lo mismo constantemente –dijo él mientras deslizaba el dedo por el brazo de Nicole para después trazarle ligeramente la clavícula–, pero luego hago esto cuando tengo oportunidad.

Nicole tragó saliva al sentir las sensaciones que las manos de Rigo le estaban haciendo experimentar. Si una ligera caricia le hacía sentirse así, se preguntó qué conseguirían sus labios. Aquel pensamiento

la sorprendió y la hizo enojarse consigo misma y con él por haber empezado aquello. Se dio la vuelta.

Rigo dio un paso al frente.

–Me imagino que estás acostumbrada a que los hombres se comporten como necios a tu lado –murmuró.

Nicole se echó a reír ante la ridiculez de aquella afirmación.

–El año pasado en París fue la primera vez para mí. Contigo.

Rigo no tenía ni idea de lo reveladora que era aquella afirmación. Había sido la primera vez. Él había sido el primero, aunque Nicole jamás lo admitiría abiertamente ante él.

Rigo sonrió.

–Se te da bien decirme lo que quiero escuchar.

Nicole trató de no permitir que se mostraran sus heridas al notar que él daba un paso más al frente. ¿Qué estaba haciendo? Nicole le colocó las manos sobre los hombros con la intención de alejarlo, pero Rigo era como una pared de acero. Echó la cabeza hacia atrás, sabiendo que más que rechazándole le estaba invitando, pero no consiguió que le importara. Rigo bajó la cabeza y tocó delicadamente la suave piel que había bajo la oreja de Nicole. Ella se echó a temblar, pero arqueó el cuello para facilitarle el acceso. Rigo fue dejándole un sendero de apasionados besos por el cuello y por el hombro desnudo.

–Llevo fantaseando con esto desde que te vi por primera vez esta noche –susurró él mientras le mordisqueaba la oreja ligeramente–. Probablemente mucho más.

Nicole deseó que él dejara de hablar para poder entregarse por completo. De repente, no deseaba nada más que Rigo la tumbara sobre una cama para dejarse consumir por el fuego que le ardía por dentro y poder olvidarse de todo lo demás.

Sin embargo, no lo haría. Sabía que ella no tendría excusa para volver a tocarle después de aquella noche. Si aquel iba a ser el adiós, iba a conseguir que fuera memorable.

Se inclinó hacia delante y apretó los labios contra los de él. El beso fue suave, curioso... Las manos de Rigo le agarraron las caderas y la apretaron contra su cuerpo. Nicole era capaz de sentir cada planicie de su cuerpo a través del fino encaje del vestido.

No estuvo segura de cuándo Rigo empezó a controlar

el beso, pero cuando se dio cuenta él ya había creado un ritmo muy constante. Se dieron un festín de los labios del otro durante tanto tiempo que ella estuvo a punto de olvidarse de respirar, aunque sí era ligeramente consciente de que Rigo la estaba empujando contra la pared.

Le apretó el trasero con las manos a través del encaje. Ella se dejó llevar y le agarró con fuerza la pechera de la camisa mientras le mordisqueaba el labio inferior. Estaban perdiendo muy rápidamente el control, pero Nicole no tenía deseo ni intención de detenerlo. Era demasiado agradable como para marcharse tan pronto. Quería ver si la realidad de Rigo encajaba con los recuerdos que tenía de la noche que pasaron juntos. Fue como regresar a un sueño. Aquella noche, ella también lo besó en primer lugar.

Aquel pensamiento la detuvo y la empujó a apartarse de él. Aquella no era tan buena idea como le había parecido en un principio. No iba a cometer dos veces el mismo error. Se apartó de él y regresó a la balaustrada como si de ese modo pudiera aplacar el fuego que ardía en los ojos de Rigo.

–No es un juego, Nicole –le dijo a ella–. No voy a permitir que me utilices como distracción para lo que estés pensando. ¿Por qué dijiste que no te ibas a casar conmigo?

Nicole se mordió los labios al recordar lo que los había llevado hasta allí.

–No puedo. Ahora que sé que...

No pudo seguir. Sintió un escalofrío por la espalda, pero no por el hecho de que allí hiciera más fresco que en el interior de la suite.

Rigo suspiró y se quitó la chaqueta con un fluido movimiento. Se la ofreció a Nicole sin decir palabra. Ella la aceptó agradecida y se la colocó sobre los hombros. Inmediatamente lamentó haberlo hecho. La tela aún portaba el calor del cuerpo de Rigo y el aroma que desprendía la embriagaba. Era un pecado oler tan bien...

–¿Te ha disgustado la llegada de tu madre? ¿O acaso sigues así por las preguntas de los paparazzi?

–Déjalo –le suplicó–. No es asunto tuyo.

–Yo creo que sí lo es. No puedo arriesgarme a que contestes de malas maneras a los fotógrafos cuando estamos tratando de construir una imagen juntos, digan lo que te digan para provocarte. En mi experiencia, el silencio es en ocasiones la mejor opción.

–Tal vez estoy cansada de guardar silencio. Tal vez estoy cansada de que se me quiten las opciones.

Pensaba en la manipulación de su madre y sintió que la vergüenza se apoderaba de ella. Eran tan diferentes... Rigo había sido educado para valorar su intimidad y siempre había elegido el momento en el que revelar sus asuntos. Por el contrario, desde el momento en el que nació Nicole, su madre la había utilizado para promocionarse. Nicole hizo su primera sesión de fotos cuando tenía solo cuatro días, su primera entrevista en solitario a los tres. Se había acostumbrado a sentirse bien delante de una cámara.

–¿Es eso de verdad lo que crees que es el matrimonio? –le preguntó él con voz dura–. Nadie te obligó, Nicole.

–Me preocupaban demasiado las implicaciones. Pensaba que estaba tomando la decisión adecuada.

–¿Que te preocupaban demasiado? –repitió él con una carcajada–. Si hubiera sabido que estaba accediendo a casarme con una mártir, tal vez habría elegido otra opción.

Nicole luchó contra el sentimiento de rabia que le ardía en la garganta. Las palabras de Rigo no eran más que un cruel recordatorio de que aquella relación no era más que una mentira. Rigo no podía saber de ningún modo lo mucho que en realidad le importaba. No era solo por su hija ni por lo que los medios dijeran de ella, sino también sobre lo que él pensara.

Resultaba ridículo. Después de todas las veces que él le había hecho daño en el breve espacio de tiempo que hacía que se conocían, él era aún capaz de controlar sus sentimientos. Desde el momento en el que se conocieron Nicole lo había sentido. Quería que Rigo la viera como era realmente. Durante unas breves horas, había pensado que así era. Sin embargo, entonces, como siempre, la realidad había tomado el control y él la había mirado con el mismo desprecio que todo el mundo.

Debería contarle lo que había hecho su madre en aquel mismo instante. No cambiaría la opinión que tenía de ella en modo alguno. Por mucho que se esforzara en apartarse de su pasado, nunca iba a ser suficiente.

Se apartó de él y colocó las manos sobre la fría piedra de la balaustrada desde la que se dominaba toda la ciudad. Una lágrima le cayó por la mejilla, pero la secó rápidamente. No iba a permitir que él viera lo profundamente que le habían herido sus palabras.

Rigo observó cómo Nicole se encogía visiblemente ante sus palabras. A pesar de que estaba de espaldas a él, sabía que se sentía muy dolida. Aquella no había sido su intención. Simplemente no comprendía cómo una mujer que se había pasado la mayor parte de su vida disfrutando con la atención de los medios de comunicación podía sentirse de repente tan herida por aquella intrusión.

Le colocó una mano en la muñeca e hizo que ella se volviera para mirarlo. Notó que tenía los ojos enrojecidos.

–Te he disgustado... Solo trataba de decirte que siempre hay elección, Nicole. Tú eliges preocuparte. Tú eliges valorar la opinión que todos los demás tienen sobre ti más que la tuya propia.

Le habló muy suavemente, al tiempo que le levantaba la barbilla para que ella lo mirara.

–Sus opiniones siempre han tenido que importarme más –susurró–. Resulta difícil tener una alta opinión de uno mismo cuando apenas sabes quién eres –afirmó mientras se alejaba de él–. Llevo tantos años representando un papel que me resulta natural permitir que otros dicten lo que yo debería ser.

–¿De qué estás hablando?

–Estoy hablando sobre mí, Rigo. ¿Cómo puedes querer casarte conmigo cuando no tienes ni idea de quién soy?

–Sé lo suficiente...

–Eso es. Piensas que sabes lo suficiente, pero en realidad no sabes nada. Rigo, llevo siendo una mentira gran parte de mi vida. Una persona creada por mi madre y su publicista. Nunca en mi vida me he escapado de rehabilitación ni me he acostado con ningún político casado ni he hecho la mitad de las locuras que dicen por ahí que he hecho. En público me mostraba provocadora, pero cuando se apagaban las cámaras... Yo no podía seguir comportándome así. Jamás podía confiar en nadie lo suficiente.

Miró a Rigo a los ojos por primera vez desde el beso.

–Hasta aquella noche contigo, yo ni siquiera... No sé por qué te estoy contando esto.

–¿Ni siquiera qué, Nicole? –insistió él.

–Tú fuiste el primer hombre con el que me acosté –dijo ella encogiéndose de hombros–. Todos los demás eran mentiras y escándalos creados solo para darme publicidad.

–Perdóname si me resulta difícil creerlo. Aquella noche no te mostraste muy inocente...

Nicole se mordió el labio.

–Estuve a punto de decírtelo justo antes de que llegáramos a tu apartamento. Sin embargo, entonces, empezaste a decirme unas cosas tan maravillosas que perdí el valor. Fui una egoísta. Me temí que podría hacer que te detuvieras y no quería que me vieras diferente tan solo por ese pequeño detalle.

–Y ese detalle es tu supuesta virginidad... –dijo Rigo fríamente.

El recuerdo de la noche que pasaron juntos regresó dolorosamente. Ella se había mostrado nerviosa. La revelación de lo que ella le estaba diciendo le provocó un nudo en el estómago. La respuesta tan desinhibida que ella había mostrado cuando hicieron el amor aquella noche lo había vuelto loco...el modo en el que ella se había mostrado tan sorprendida por su propio placer. Él se había mostrado sorprendido por su timidez sobre su cuerpo, la aparente poca práctica que tenía sobre el hecho de explorar el cuerpo de él. Sin embargo, cuando descubrió quién era ella, dio por sentado que todo ello formaba parte de una actuación.

–¿Me estás diciendo que eras virgen? –le preguntó con incredulidad. La voz sonó más dura de lo que había deseado en un principio.

–No lo digas así...

–*Dannazione*, Nicole...

Ella entró en el salón y Rigo la siguió. Cerró la puerta y se volvió para mirarla. Nicole también se giró hacia él, sorprendida por la ira que él mostraba.

–No te marches ahora después de todo lo que me has dicho.

–Todo lo que te he dicho es mi vida, Rigo. Mi verdad. No estoy tratando de hacer que te sientas culpable ni ganarme tu compasión. ¡Tan solo necesitaba hablar de algo real por una vez en mi vida! ¿Sabes qué? Olvidemos esta conversación para que tú vuelvas a pensar lo que pensabas de mí antes. Lo que te haga sentir mejor.

–¿De verdad crees que podría olvidar saber que te

quité la virginidad y que luego te arrojé a la calle? –le preguntó Rigo. Se sentía muy agitado. Se mesó el cabello con las manos–. Tú te marchaste aquella mañana después de que yo prácticamente te dijera que eras una ramera. Entonces, incluso aunque sabía que el bebé que llevabas en tus entrañas era mío, te volviste a marchar.

–No. No vas a conseguir volver esto contra mí solo porque te acabes de dar cuenta de lo mal que te portaste conmigo. Yo me acerqué a ti en aquel club tan concurrido porque te negaste a contestar ninguna de mis llamadas. Yo fui sincera en lo del embarazo. La única razón por la que elegí no seguir presionándote fue porque me dejaste muy claro lo que pensabas de mí y del bebé que llevaba dentro.

Las palabras de Nicole fueron como un jarro de agua fría para él. De repente, Rigo se sintió muy avergonzado.

–Te reíste de mí, Rigo. Me humillaste delante de todos tus ricos y sofisticados amigos. Probablemente sea mejor que esta mentira no siga adelante porque no creo que pudiera sobrevivir estar casada con un hombre que sé que no me respeta.

–Nicole...

Rigo sacudió la cabeza. Necesitaba que ella parara de hablar para que pudiera procesar de nuevo todos los datos en la cabeza.

–Tengo que marcharme, Rigo. Te ruego que no me sigas.

Rigo vio que ella tenía los ojos llenos de lágrimas antes de que ella se diera la vuelta y se marchara. A cada segundo que pasaba, el genio se le fue tranquilizando y fue dándose cuenta de lo que habían sido sus actos. La había juzgado sin conocerla desde el momento en el que se vieron por primera vez. Sin embargo, ¿era también culpa suya que Nicole se hubiera esforzado tanto para hacer que los medios creyeran que ella era otra persona?

Pensó en la mujer con la que se había acostado aquella noche, en sus suaves gemidos y en el momento en el que gritó de dolor, momento en el que él pensó que estaba fingiendo. Había estado tan ciego... Y había sido capaz de borrar los intensos sentimientos que surgieron cuando hicieron el amor cuando supo cómo se llamaba ella a la mañana siguiente.

Se había precipitado. Sabía que el modo en el que reaccionó al saber de quién se trataba había sido exagerado. Sin embargo, después de verse engañado por una mujer antes de un modo tan despiadado y doloroso, no se tomaba a la ligera su orgullo. Le había dicho que era una ramera cazafortunas. Y la había humillado. El recuerdo se apoderó de él, colocándosele pesadamente en el corazón.

Aquella situación estaba resultando ser más complicada de lo que había imaginado. Las aguas se habían enturbiado y no le gustaba. Tendría que encontrar el modo de hacer las paces con su futura esposa. Si no lo hacía, aquel matrimonio no funcionaría nunca.

Nicole estaba sentada con las piernas cruzadas en el cuarto de Anna. La pequeña pataleaba con fuerza mientras trataba de darse la vuelta en la alfombra. Ya era casi media mañana y no había señal alguna de que Rigo hubiera regresado desde la noche anterior. Trató de concentrarse en meter las cosas de Anna en su pequeña maleta, esperando que así lograra calmar la tormenta de sentimientos que le recorría el cerebro. No había planeado que las cosas alcanzaran un nivel tan personal la noche anterior. Ni tampoco aquel beso.

¿En qué demonios había estado pensando cuando le dijo a Rigo que era virgen la noche en la que se acostó con él? En realidad, no aportaba diferencia alguna a su situación. Aquel había sido su secreto, junto con los recuerdos de una noche en la que había confiado lo suficiente en un hombre como para dejarse llevar y dar rienda suelta a su propio placer. No sabía por qué había esperado tanto, pero así era. El gesto de horror que se dibujó en el rostro de Rigo arruinaría aquel recuerdo para siempre.

Anna gritó de alegría de repente. Estaba mirando a un punto que quedaba a espaldas de Nicole. Ella sabía que si se daba la vuelta se encontraría frente a frente con Rigo. El aroma de su colonia anunciaba su llegada.

Tenía el cabello mojado, como si acabara de salir de la ducha. Sus ojos tenían un tono más oscuro del habitual... ¿o acaso eran las ojeras las que les daban ese aspecto? Fuera como fuera, tenía un aspecto terrible y muy atractivo al mismo tiempo

Él permaneció en silencio un instante. No dejaba de mirar a Anna, que seguía intentando ponerse boca abajo, riendo cuando se volvía a caer.

–El ama de llaves me ha dicho que estabas haciendo las maletas... –dijo él por fin.

–Le pedí ayuda, pero me dijo que tenía que hablar contigo primero –suspiró Nicole–. Por suerte yo no tengo tal obligación.

–¿Podemos al menos hablar antes de que te marches? ¿Sabes adónde vas a ir?

Nicole se mantuvo firme. Rigo sabía que ella tenía muy pocas opciones, pero su orgullo no le permitiría permanecer ni un segundo más en aquella casa.

Ella se puso de pie y se volvió para mirarlo con la cabeza muy alta.

–No voy a hablar con la prensa. Puedes fingir que aún estamos comprometidos. Podemos mantenerlo oculto durante el tiempo que necesites para poder firmar tu contrato. Podemos fingir que la boda se ha tenido que posponer por algún motivo.

–¿Qué puedo hacer para conseguir que te quedes?

Nicole negó con la cabeza. Apartó la mirada de él y trató de encontrar la combinación adecuada de palabras para dejar que él supiera que no podía seguir haciendo aquello.

El teléfono de Rigo comenzó a sonar y asustó a la niña con su estridente ruido. La pequeña comenzó a sollozar, por lo que Nicole se inclinó sobre ella para tomarla en brazos mientras Rigo comenzaba una conversación telefónica en italiano que parecía bastante urgente.

Cuando terminó la llamada, miró a Nicole con el gesto más parecido al pánico que ella le había visto nunca en el rostro.

–Alberto acaba de llamarme para decirme que el equipo de la revista está subiendo en estos momentos.

–La entrevista... ¿Era hoy?

Llevaba toda la semana preparándose para ello. Iban a presentarle al mundo un retrato íntimo de ellos en su hogar, junto con fotografías de la fiesta de compromiso. El equipo de Relaciones Públicas se había ocupado de organizarlo todo y ella tenía un atuendo esperándola en el vestidor para la ocasión. Era una pieza vital para enmendar el escándalo y conseguir que los medios de comunicación se pusieran de su lado.

–He tenido el teléfono apagado desde anoche –dijo él–. Nicole, sé que no tengo derecho a pedirte ayuda alguna, pero... Te necesito a mi lado.

Nicole se mordió los labios. Debía de estar loca, pero no quería defraudarle. Asintió y observó cómo él suspiraba aliviado.

La revista que presentaría su sensacional historia de amor había tenido que competir con muchas otras para conseguir la exclusiva. Al final, Rigo tuvo la última palabra. Él quería que una respetable publicación británica se ocupara. El dinero que obtendrían por aquella entrevista iría directamente a la ONG de sus padres.

El equipo estaba muy ocupado preparando las luces. Nicole estaba sentada junto a Rigo, vestida con unos vaqueros y una camisa rosa con cuello de barco. Aparentemente, parecía muy relajada bajo la suave luz de la mañana.

Mientras esperaban, Anna estaba en su regazo, con un pijama rosa, preparada ya para echarse su siestecita de media mañana.

La maquilladora se acercó a Nicole con un cinturón lleno de cepillos.

–Si no le importa, me gustaría retocarle el maquillaje, señorita Duvalle –le dijo mientras le indicaba a Nicole un taburete cercano.

Ella miró a Rigo durante un instante.

–¿Te importaría tomarla en brazos? –le preguntó mirando cuidadosamente al periodista que iba a realizar la entrevista.

Anna no iba a participar en la sesión de fotos, pero incluso cuando todo se estaba preparando tenían que fingir. Rigo se aclaró la garganta tan casualmente como pudo antes de tomar a su hija en brazos. Inmediatamente pensó que seguramente no la estaba sosteniendo de la manera correcta. Miró a Nicole, pero ella ya estaba sentada en el taburete con los ojos cerrados.

Miró a la niña. La pequeña Anna estaba mirando hacia la ventana. Rigo no había tenido mucho trato con bebés a lo largo de su vida. La niña saltó en el regazo de su padre al ver un pájaro por la ventana. Los rasgos de su rostro se iluminaron casi inmediatamente mientras señalaba la ventana con alegría.

Rigo sonrió. La risa de Anna era contagiosa, igual que la de su madre.

De repente, un fogonazo de luz los cegó a ambos. Los

delicados rasgos de Anna se arrugaron de sorpresa antes de dejar escapar un penetrante grito. El cámara los miró con rostro culpable y Rigo sintió deseos de pegarle un buen puñetazo en la cara. Se controló y no dijo nada por miedo a disgustar a la niña aún más.

Miró a Nicole para pedirle ayuda en silencio. Anna se mostraba inconsolable.

Nicole se puso de pie rápidamente para tomar a Anna entre sus brazos. La niña se tranquilizó inmediatamente mientras lo miraba a él con una mezcla de miedo y recriminación. Rigo aprovechó la oportunidad para ir a hablar con el cámara para asegurarse de que el incidente no se repetía y que borraba la fotografía de su cámara.

Cuando el director anunció que estaban preparados, Nicole le entregó a Anna a la niñera para que se fuera a echar la siesta. La sesión fotográfica duró veinte minutos, pero los dejó completamente agotados. Les hicieron un par de fotografías más románticas antes de empezar la entrevista.

Rigo mantuvo el brazo sobre el respaldo del sofá, justo por encima de los hombros de Nicole, mientras duró la entrevista. Tenía que parecer que estaban cómodos el uno con el otro, pero ella se sentía tan rígida como una tabla de planchar. Cuando Rigo se inclinó sobre ella para darle un beso en los labios, fue como sí él le diera un beso a un bloque de hielo.

–Entonces, empecemos con cuáles son exactamente los límites para el gran día.

La periodista interrumpió el tenso silencio que se produjo después de la desastrosa sesión de fotos. Colocó una grabadora digital sobre el sofá entre ellos.

Rigo empezó a hablar. Todas las respuestas habían sido ensayadas previamente.

–Esperamos discreción en todo momento. Solo se

permitirá tomar fotos en el periodo de tiempo que se ha acordado.

La mujer asintió.

–¿Se nos permitirá estar con la novia mientras se prepara? Nos gustaría tener fotografías de todos los momentos del día.

–No –dijo Nicole de repente–. Es decir, no quiero sentirme incómoda con eso.

Rigo la miró y le colocó suavemente la mano sobre el muslo.

–Lo que mi hermosa prometida quiere decir es que probablemente estará demasiado nerviosa para eso en el día de su boda.

La periodista entornó los ojos. Resultaba evidente que no le había gustado la respuesta. Repasó las fotografías de la noche de la fiesta de compromiso y se detuvo en una.

Ella miró a Nicole con un repentino interés en la mirada.

–¿Su madre no fue invitada a la fiesta de anoche? ¿Por qué?

–Sí que fue invitada. Simplemente se produjo un error en el listado –se apresuró Rigo a decir.

–Sin embargo, estas fotografías demuestran claramente que Nicole y su madre están teniendo una acalorada discusión.

Rigo miró a Nicole y notó que ella tenía una expresión de horror en el rostro. Ella la enmascaró rápidamente y disimuló tomando un sorbo de agua.

–No hubo discusión alguna, Diane. Siga por favor –le dijo algo bruscamente.

Rigo frunció el ceño al escuchar que Nicole utilizaba el nombre de pila de la periodista. Notó que ella se tensaba cuando les presentaron a la mujer que iba a escribir el artículo, pero lo había achacado a los nervios. En aquellos momentos, al ver cómo se miraban las dos mujeres, no estuvo ya tan seguro.

–Por lo que he oído, debería estar dándole las gracias a su madre y no discutir con ella –prosiguió la periodista. Miraba a Nicole con la misma intensidad que un águila a su presa.

–Está aquí para hacer preguntas sobre la boda. Haga su maldito trabajo –le espetó Nicole antes de taparse la boca con la mano llena de arrepentimiento.

Rigo se incorporó y apagó la grabadora.

–Creo que necesitamos tomarnos un descanso –dijo. Se puso de pie y le indicó a Nicole que lo siguiera.

Diane reaccionó con rapidez.

–Oh, no. Yo estoy aquí para hacer mi trabajo después de todo. Así que, por interés para el artículo, ¿sabe su prometido con qué clase de familia se está emparentando?

–Diane... –susurró Nicole sacudiendo la cabeza tristemente.

–No me parece que su conducta sea la adecuada cuando está en casa de unos clientes –le espetó Rigo a Diane.

–Tan solo pensaba que le gustaría saber unas cuantas cosas sobre su maravillosa prometida. Como el hecho de que su madre y ella son las criaturas más resbaladizas que caminan sobre la faz de esta Tierra.

–¿Acaso tiene usted alguna experiencia personal con mi prometida que le permita hablar de ese modo? –le preguntó Rigo.

Diane aprovechó su oportunidad.

–Su madre es una bruja, una horrible...

–Goldie Duvalle no está en esta sala, así que me gustaría saber por qué está atacando a su hija, a menos que sus razones sean personales.

La mujer se quedó inmóvil. No supo qué contestar.

–¡Eso es lo que me había parecido! –exclamó Rigo–. Ya no tengo más tiempo para esto. Márchese ahora mismo de mi casa. Ya tiene para lo que ha venido.

Nicole permaneció completamente inmóvil, con los hombros hundidos. Mientras el equipo de la revista se marchaba, la periodista miró a Nicole por última vez.

–Ah, una cosa más, se llama usted Diane, ¿no? –dijo Rigo en tono amenazante–. Si fuera usted, yo esperaría una llamada de sus superiores esta misma tarde. Tal vez quiera empezar a buscar otro trabajo...

–¡Se creen que rigen el mundo! –exclamó ella airadamente mientras Rigo la iba empujando hacia la puerta, que cerró de un buen portazo, mientras la periodista seguía maldiciéndolo desde el otro lado.

Rigo miró a su prometida y sintió que se le formaba un nudo en el estómago al ver lo pálido que tenía el rostro. Volvió a llenarle el vaso de agua y se lo ofreció.

Ella dio un sorbo y miró hacia la ventana.

–No sabía que sería ella la que iba a hacer la entrevista.

–Deduzco por la hostilidad mostrada que las dos os conocíais previamente.

–Sí. Podrías decir algo así –susurró Nicole mientras sacudía tristemente la cabeza–. El hombre de setenta años del que mi madre se está divorciando en la actualidad es el padre de Diane.

Capítulo 6

NICOLE notó que la tensión que sentía estaba a punto de hacerle estallar las sienes.

–Es la tercera vez que se ha enfrentado a mí de esa manera y sigo sin saber qué decirle.

–¿Y por qué tienes que decirle nada? –le preguntó Rigo mientras se encogía de hombros–. Resulta evidente que ella estaba enfadada con tu madre y que te está utilizando como chivo expiatorio.

–En realidad, la comprendo. Me siento culpable por lo que mi madre le ha hecho a su familia. Sus padres llevaban décadas casados antes de que... Mi madre tiene una extraña habilidad para tomar la vida de una persona y ponerla completamente patas arriba.

Había estado segura de que Diane sabía que su madre había dado el soplo sobre Anna, por lo que se preparó para que la periodista lo anunciara tarde o temprano y arruinara la débil amistad que había entre Rigo y ella en aquellos momentos. Comprendió que había llegado el momento de decirle a Rigo la verdad.

–Tú no eres la guardiana de tu madre, Nicole. Lo comprendes, ¿verdad? Ella es una mujer adulta que es responsable de sus actos.

–La mayoría de las veces sus actos me afectan a mí de un modo u otro –replicó Nicole mientras se aclaraba la garganta y lo miraba a los ojos–. Diane tenía razón. Anoche estaba discutiendo con ella.

–¿Por eso te marchaste?

Nicole asintió.

–Ella me dijo algo tan horrible que no pude soportar estar frente a ella ni un instante más –dijo. Respiró profundamente y trató de encontrar las palabras adecuadas. Se retorcía las manos sin parar–. Fue Goldie, Rigo. Fue ella quien filtró la historia.

Rigo quedó sumido en un completo silencio durante un momento, observándola con algo parecido a la curiosidad.

–¿Por qué no me lo dijiste anoche, cuando me estuviste confesando todos tus pecados?

–Temía tu reacción.

–En otras palabras, temías que yo pensara que tú formabas parte de ello.

Nicole guardó silencio durante un instante. No dejó de mirarlo fijamente a los ojos.

–¿Y no es así?

Rigo negó con la cabeza y se metió las manos en los bolsillos.

–Puede que antes de anoche sí lo hubiera pensado, pero estoy empezando a darme cuenta de que te he juzgado muy precipitadamente.

–Bueno, supongo que al menos por eso debería estar agradecida.

–Nicole, ahora entiendo por qué quieres renunciar a este matrimonio, pero te pido que lo reconsideres. Aunque solo sea por Anna.

–Anoche nos demostramos que no somos buenos el uno para el otro.

En ese momento fue Rigo el que guardó silencio durante unos instantes.

–Nicole, quiero que este matrimonio funcione. Si eso significa que yo tengo que estar todo lo lejos que me sea posible, lo haré. Para manteneros a salvo a Anna y a ti.

Nicole lo miró a los ojos. Ella no quería que Rigo estuviera lejos de su lado. Ese era el problema. Se apartó de él para mirar por la ventana. Había empezado a llover copiosamente en cuestión de segundos y se puso a seguir el trayecto de una gota errante por el cristal.

Sabía que su renuncia al acuerdo al que los dos habían llegado había sido producto de la ira del momento. Casarse con Rigo era lo mejor que podía hacer por Anna. Miró a los ojos de su prometido y sintió que algo había cambiado entre ellos. Ya no eran del todo enemigos, sino que se encontraban en una especie de limbo. Rigo la desequilibraba, por lo que estar junto a él demasiado tiempo la colocaba en riesgo de volver a hacer el ridículo otra vez.

–Haz que se vayan los empleados –le dijo de repente–. Hasta la boda. Dales unas vacaciones. Así, no habrá necesidad de que nosotros compartamos la cama. Los dos podemos tener nuestro espacio hasta que la boda haya pasado.

–Considéralo hecho –afirmó Rigo. Su rostro era completamente inescrutable.

–Gracias.

Nicole respiró profundamente. Se sentía menos temerosa que aquella mañana, pero la intranquilidad aún no la había abandonado. Era como si, al poner más distancia entre ellos, se estuviera negando algo vital. Sin embargo, no necesitaba los besos de Rigo para vivir ni ciertamente a él en la cama. Poner límites era la única manera de protegerla del daño que aquel hombre podía hacer si volvía a permitir que se acercara a ella. Así estaría más segura.

Nicole miró el delicado reloj incrustado de diamantes que llevaba en la muñeca y sintió que la ansiedad se apoderaba de ella. El ensayo de la cena tenía que empezar al cabo de veinte minutos y Rigo aún no había llegado. Toda su familia estaba abajo, esperando para conocer a la futura esposa por primera vez. Ella no podía seguir ocultándose allí ni un solo instante más.

A lo largo de las últimas semanas, tan solo lo había visto de pasada. Había cumplido con su palabra y había hecho que despidieran a Diane y una nueva periodista había ocupado su lugar. La entrevista había transcurrido sin problemas y, en aquellos momentos, el mundo entero estaba preparado y ansioso esperando ser testigos de la boda de la década.

Se miró en el espejo y frunció el ceño. Su madre siempre le había dicho que fruncir el ceño y reírse demasiado era la receta perfecta para tener patas de gallo. Descartó aquel pensamiento. Su madre era la última persona en la que debería estar pensando en aquellos momentos. Seguramente estaba también abajo, bebiendo champán y buscando a su marido número ocho.

Tal y como habían esperado, el equipo de Relaciones Públicas les había aconsejado que Goldie formara parte de las celebraciones para evitar así especulaciones. Esa era la explicación oficial, pero a Nicole le daba la sensación de que Rigo no quería que Goldie se sintiera tentada a realizar más declaraciones anónimas antes de que se firmara el contrato Fournier. Lo último que necesitaban era más escándalos.

El lugar en el que se iba a celebrar la boda se había filtrado a la prensa la semana anterior, pero Rigo le había prometido que más seguridad evitaría que los paparazzi les estropearan la fiesta. En realidad, eso no le preocupaba demasiado a Nicole. Anna se iba a quedar en París hasta que Nicole regresara para recogerla y llevársela a la luna de miel. Estar separada de su hija durante cuarenta y ocho horas le parecía una eternidad, pero sabía que era la decisión adecuada.

Rigo le había dicho que sus padres estaban deseando conocer a su primera nieta. Habían regresado de su crucero por el Índico aquella misma mañana. Rigo no le había hablado mucho de su padre, pero a ella le daba la impresión de que la dinámica de su familia era bastante normal. Nicole tan solo esperaba que la impresión que les causara a sus padres fuera mejor que la que le había causado al hermano de Rigo en su primer y único encuentro.

Nicole bajó la escalera y observó la gran cantidad de invitados que esperaban en la enorme sala del *château*. Se detuvo en solitario al pie de la escalera y miró a su alrededor, buscando un rostro familiar mientras maldecía a su prometido. Reconoció algunos de los rostros de la fiesta de compromiso, pero sin Rigo se sentía completamente aterrada e insignificante. Técnicamente, era la anfitriona y debería estar ocupándose del buen funcionamiento del evento. Sin embargo, no había nada que le hubiera gustado más que subir de nuevo la escalera y esconderse en su habitación.

Un hombre estaba en el centro de los invitados. Todos los demás parecían colocarse en torno a él. Su parecido con Rigo era notable. La única diferencia era el cabello grisáceo que le coronaba la cabeza y un rostro curtido por el tiempo. Una mujer menuda y elegantemente vestida estaba de pie a su lado. Valerio Marchesi estaba junto a la mujer. Sonrió y se acercó a ella para darle un beso en la mejilla y un abrazo muy fuerte al hombre.

Nicole se obligó a recorrer los pocos pasos que la separaban de ellos. Notó que el hermano de Rigo se tensaba al ver cómo ella se acercaba.

–Me pregunto si mi hermano ha salido huyendo –dijo secamente mientras la observaba con desaprobación–. Sería una pena que te dejara plantada, Nicole.

La mujer dio un paso al frente y la miró de la cabeza a los pies.

–Tú debes de ser mi futura nuera –dijo con un fuerte acento italiano–. Debo disculparme porque tengas que presentarte tú sola. Supongo que debe resultar bastante intimidante.

–Seguramente Rigo se ha retrasado un poco en el trabajo –comentó ella con la voz temblorosa por los nervios–. Sin embargo, estoy segura de que llegará pronto.

La madre de Rigo no hizo ademán alguno de darle un abrazo ni se presentó formalmente. Su padre estaba charlando animadamente con otra persona y no mostró intención de saludarla. Nicole permaneció allí, sumida en un incómodo silencio, sin saber qué decir ni qué hacer.

El alivio que sintió cuando se abrió la puerta principal fue palpable. Todos los presentes se volvieron a mirarlo. Se vio retenido inmediatamente por un grupo de amigos junto a la puerta.

–A mi hijo le gusta hacer una entrada sonada –comentó una profunda voz masculina junto a Nicole–. Te ruego que me perdones por no haberte saludado inmediatamente. Estos idiotas se piensan que yo aún tengo algún poder en la industria de la moda. Soy Amerigo Marchesi padre. ¿Conoces ya a Renata, mi esposa?

Abrazó a Nicole con la fuerza de un oso y le dio un afectuoso beso en cada mejilla antes de indicarle a su esposa que hiciera lo mismo. Nicole notó la tensión con la que la madre de Rigo la saludó. Le dio la impresión de que la mujer ya sentía una profunda antipatía hacia ella. Maravilloso.

–Tenemos muchas ganas de conocer a la pequeña Anna, ¿verdad? –comentó Amerigo con una sonrisa.

Renata levantó una ceja. No parecía muy impresionada.

–Rigo se ha mostrado muy reservado al respecto. Nos lo ha contado todo esta misma semana. Nuestra única nieta y ni siquiera la conocemos por fotografía –dijo Renata frunciendo los labios mientras observaba a su hijo en la distancia.

Nicole vio que a Renata le temblaban los labios durante un breve instante antes de que la mujer lo ocultara tomando un sorbo de la copa de vino. Se sentía molesta porque la hubieran mantenido al margen. Nicole sintió una repentina simpatía por la mujer.

Abrió el bolso y sacó una fotografía de Anna que llevaba para que le diera buena suerte. Se la ofreció a la anciana y notó cómo la mirada se le suavizaba al tomarla entre los dedos.

–Tiene los ojos de los Marchesi –susurró con devoción–. No me puedo creer que sea real. Parece una muñequita.

–Se parece mucho a Rigo –afirmó ella. De repente, echó muchísimo de menos a su hija.

–Sí, pero tiene el cabello de su madre... –comentó Amerigo con una sonrisa. Tomó la mano de Nicole entre la suya–. Serás una novia muy bella, Nicole. Os deseo a los dos mucha felicidad.

Nicole sintió que se le hacía un nudo en la garganta al escuchar las palabras del padre de Rigo. No se parecía en nada a lo que se había imaginado. En realidad, ninguno de los dos lo era. Al ver que Renata hacía ademán de devolverle la fotografía, negó con la cabeza.

–Se lo ruego. Quédesela. Tengo muchas más.

Cuando Amerigo se marchó para ir a saludar a su hijo, Renata le agarró la mano y le indicó que fueran al otro lado de la sala para hablar. Nicole esperaba desaprobación y desprecio por parte de ella. Por ello, se sintió muy sorprendida cuando Renata se inclinó hacia ella y la abrazó. Se trató de un abrazo de verdad, carente por completo de toda formalidad. Eso hizo que ella se relajara por completo y que se sintiera profundamente feliz.

–Lo siento si parece que te estoy enviando señales equivocadas, querida mía, pero no estaba segura...

Lo que Renata hubiera estado a punto de decir quedó aplazado por una voz aguda y estridente que a Nicole le resultaba muy familiar. Goldie se dirigía hacia ellas en aquellos momentos.

–Simplemente tengo que presentarme a la madre del novio –le dijo a Renata, antes de darle un exagerado beso en cada una de las mejillas–. ¿No le parece todo tremendamente romántico?

–Sí. Supongo que sí –repuso Renata mientras miraba la fotografía que llevaba en la mano y sonreía–. Estoy deseando tenerlas a las dos en la Toscana cuando todo esto haya pasado. Me muero de ganas de tener entre mis brazos a esta *piccolina*.

Nicole vio que la expresión de los ojos de su madre cambiaba al mirar la fotografía.

–Oh, qué preciosa... ¿Puedo verla?

Antes de que Nicole pudiera intervenir, Goldie ya había agarrado la fotografía y se la había arrebatado a Renata.

–¡Qué bonito por tu parte que hagas planes con los abuelos, Nicole! –exclamó Goldie con ironía mientras observaba la fotografía de Anna–. Yo no tengo la suerte de conocer a la princesita, ¿sabe usted?

–Mamá, ¿por qué no vamos fuera? –le dijo Nicole a su madre mientras le agarraba el codo suavemente.

Goldie se zafó de ella.

–Pensé que tendría la piel morena como su padre –musitó mientras seguía observando atentamente la fotografía–. Gracias a Dios que no tiene su nariz.

–Me quedo con la fotografía –replicó Renata mientras le arrebataba la foto a Goldie de las manos justo en el instante en el que Rigo aparecía a su lado.

–¿Va todo bien por aquí, señoras?

–Oh, aquí está, el caballero andante –bufó Goldie–. Acabo de tener el privilegio de conocer a su madre, señor Marchesi.

En aquel momento, Nicole se dio cuenta de que su madre estaba completamente bebida.

–Mamá, tal vez deberías ir a tomar un poco de agua –le sugirió Nicole al darse cuenta de que el humor de su madre iba empeorando por momentos.

–Cállate, Nicole –le espetó Goldie mientras le apartaba la mano con vehemencia–. Mírate, fingiendo ser toda dulzura y sofisticación –añadió en un tono de voz cada vez más alto mirando a Renata, que la observaba con incredulidad–. ¡Yo soy la que consiguió todo esto para ella! ¡Yo! Aún estarías escondida por ahí si yo no te hubiera obligado a salir y, de repente, ¿eres demasiado buena para mí? –le preguntó acercándose peligrosamente a su hija, que pudo comprobar cómo le olía el aliento a champán–. No eres nada más que una ingrata...

Rigo atrapó la mano de Goldie cuando empezaba a levantarla. El gesto airado de su rostro hizo que Nicole sintiera un nudo en el estómago.

–Ya basta –le espetó él.

Todos los invitados se habían vuelto para observar el altercado. Nicole sintió que el rubor le cubría las mejillas y el cuello. Se dio cuenta de que Rigo estaba dispuesto a ocuparse de su madre y sacarla de la fiesta agarrada por una oreja si era preciso. Algo en su rostro la obligó a actuar. Colocó una mano sobre el brazo de su madre.

–Creo que es mejor que te vayas ahora si esperas conocer alguna vez a tu nieta –le dijo en voz muy baja sabiendo que Renata aún podía escucharla.

–Me lo debes... –balbuceó–. Ya sabes lo que hice...

–Yo no te debo nada –le espetó Nicole con frialdad–. Tienes suerte de que siga hablándote después del modo en el que me has tratado. Ahora, te ruego que te marches antes de que tengamos que tomar otras medidas.

Goldie pareció dispuesta a luchar y miró horriblemente a la madre de Rigo. Sin embargo, al final, suspiró, sacudió la cabeza y permitió que Rigo la acompañara a la puerta.

–Siento que haya tenido que ser testigo de algo así –le dijo Nicole a Renata.

–Ella es la que debería sentirlo, hija mía –comentó la madre de Rigo sacudiendo la cabeza–. No deberías tolerar esa clase de intimidación y mucho menos de tu propia madre.

–Tiene buena intención... creo...

Renata suspiró.

–Tienes un buen corazón, Nicole. Sigue mi consejo y protégelo de las personas que no lo cuidan debidamente.

Nicole sonrió, aunque aún seguía preocupada porque Rigo no había conseguido sacar a su madre de la sala. Era una sensación extraña saber que, de repente, había alguien que cuidaba de ella. De alguna manera, pensar que él creía que merecía la pena defenderla le daba la confianza suficiente para querer defenderse a sí misma. No quería seguir siendo débil. Quería que le importara lo suficiente que la trataran mal como para que tuviera fuerzas para levantarse y luchar por defender su terreno.

–Quiero desear a mi hermano y a su hermosa prometida un largo y feliz matrimonio.

Valerio Marchesi le dio a su hermano una fuerte palmada en la espalda y añadió:

–*Cent'anni*! ¡Por cien años más!

Era el brindis tradicional italiano, que repitieron todos los invitados a la cena.

–*Grazie,* hermanito –dijo Rigo levantando su copa brevemente antes de vaciarla de un trago.

Todos sus sentidos se veían acrecentados por la mujer que tenía a su lado. Nicole estaba radiante con un vestido negro de escote palabra de honor, pero muy callada. Todos los presentes atribuirían su silencio a los nervios típicos de la novia, pero sabía muy bien que no era esa la razón.

Maldijo en silencio a Goldie Duvalle por ser una mujer tan egoísta e insensible. Le había costado mucho contenerse. Nicole había manejado la situación con mucha más elegancia de lo que él lo habría hecho.

Escuchaba a medias la conversación de su hermano y su padre, que estaban charlando animadamente mientras comparaban sus últimos viajes. Valerio iba por libre. Había rechazado la oferta de su padre para unirse a la empresa y poder centrarse en su propia profesión, la de pilotar yates y barcos de vela de lujo por el mar Caribe. En aquellos momentos, se podía decir que era copropietario de una de las empresas más grandes del mundo dedicadas al transporte marítimo de lujo.

Rigo envidiaba la libertad de su hermano menor y su carencia de responsabilidades. Normalmente, le habría encantado escuchar las historias de Valerio en el mar, pero aquella noche no se sentía centrado. No podía hacer otra cosa que no fuera mirar a Nicole.

Cuando la cena terminó, los huéspedes comenzaron a dirigirse a sus dormitorios. Él se quedó con sus padres en el vestíbulo para desearles buenas noches. Nicole estaba charlando animadamente con Renata y con las tías de Rigo. Valerio estaba al lado de su hermano con los brazos cruzados, rezumando la misma tensión que Rigo había visto en él toda la velada.

–Parece que te has comido un limón –bromeó Rigo–. Ten cuidado, o voy a empezar a pensar que no has sido sincero en tu discurso.

–No puedo comprender tu lógica, eso es todo. Solo porque no esté de acuerdo contigo no significa que no te desee felicidad.

–Si lo que te preocupa es que no haya aprendido nada en diez años, puedes tranquilizarte. Esta situación no es ni parecida –le advirtió Rigo. No quería hablar de nuevo sobre su desastrosa vida sentimental. Sabía que a su familia les había afectado mucho su relación con Lydia, pero al ver la tensión en el rostro de su hermano comprendió que debería haber sido más considerado al dar la noticia en aquella ocasión.

–No, lo es. Al menos esta vez sabías que la mujer era una cazafortunas antes de que organizaras la boda. Simplemente no quiero ver cómo pasas por el mismo infierno que con Lydia. Esa pécora te cambió.

–Aprendí una lección muy valiosa de esa pécora –comentó Rigo con una sonrisa–. Nunca le confíes a una mujer nada, a excepción de tu tarjeta de crédito. E incluso entonces comprueba los extractos.

La sonrisa se le heló en los labios al volverse y ver que Nicole estaba a su lado. Tenía una expresión dolida en el rostro.

Valerio se aclaró la garganta y agarró a su madre por el brazo para ayudarla a subir la escalera tras dar las buenas noches en voz muy baja.

Nicole miró a Rigo con la mirada entornada.

–¿Pécora? –dijo.

–No estaba hablando de ti –respondió con una sonrisa mientras tomaba la mano de Nicole entre las suyas.

Ella la apartó inmediatamente–. Estábamos hablando de otra persona.

Nicole asintió, pero no pareció terminar de relajarse.

–Encantador. A tu hermano no le caigo nada bien.

–Mi hermano tiene un afán de protección muy fuerte hacia mí –suspiró Rigo–. Tú no eres la única persona a la que he hecho daño en el pasado por mi propia testarudez.

–Eso no explica por qué la tiene tomada conmigo.

–Es la situación en la que nos encontramos. Esta boda tan repentina es un incómodo recordatorio para todos ellos de la última vez que les dije que me había prometido.

Rigo siguió hablando a pesar de la expresión horrorizada que había aparecido en el rostro de Nicole.

–Estuve prometido hace diez años y todo terminó... muy mal.

–¿Qué ocurrió? –le preguntó Nicole, aunque una parte de ella no quería creer que hubiera estado prometido con otra mujer.

–Lo de siempre –comentó él encogiéndose de hombros–. La ruptura fue complicada y mi madre se lo tomó muy mal. La boda estaba preparada y se habían enviado ya las invitaciones.

–Menuda pesadilla...

Una extraña expresión apareció en el rostro de Rigo, un sentimiento tan intenso que a ella la dejó sin palabras. De repente, desapareció y se vio reemplazada por una mirada vacía.

–Todo ocurrió hace muchos años.

Rigo le tomó la mano una vez más. En aquella ocasión, ella no se la apartó. Saber que él tenía corazón y que había sufrido un desengaño en el pasado le hizo desear ser la que pudiera sanarle.

Nicole llevaba toda la tarde sintiéndolo. Se trataba de un hormigueo en el pecho que iba acrecentándose a medida que se acercaba el día de la boda. Ella no hacía más que decirse que era una más de sus apariciones en público, que no significaba nada. Sin embargo, el hecho de conocer a su familia había hecho que Nicole comenzara a desear que la boda no fuera una charada.

Sin embargo, sabía por experiencia que la esperanza era un sentimiento muy peligroso.

A la mañana siguiente, Nicole se miró en el espejo con una abrumadora sensación de asombro. Su vestido de novia era ciertamente una obra de arte. El corpiño se le ceñía perfectamente a cada una de sus curvas como si se tratara de una segunda piel para luego dar paso a una elaborada falda que le llegaba justo por encima de la rodilla.

Era todo lo que nunca se había atrevido a desear para sí misma. Se miró de lado y observó el intrincado encaje que le adornaba la espalda y la larga cola de seda y tul que fluía detrás de ella. Las mujeres deberían poder ponerse vestidos así todos los días. Se sentía como una princesa.

La madre de Rigo se acercó a ella.

–Mi madre se puso a mi lado así la mañana de mi boda –dijo mientras la observaba con un profundo cariño–. Sus hermanas y ella se habían pasado semanas haciéndome el vestido de boda, pero este velo lo hizo sola.

Le mostró un delicado velo de encaje antiguo.

–Ella vertió su alma y su corazón en él y me dijo que me daría a mí y a mi esposo un amor fuerte e hijos fuertes... hijas en tu caso –añadió con una sonrisa–. Yo no he tenido hijas, por lo que te lo regalo a ti. No te preocupes. Los estilistas saben que no deben enojarme.

–Renata, es un detalle tan bonito... –murmuró Nicole muy emocionada mientras acariciaba suavemente el velo.

–Es un placer. Espero que un día tengas el gusto de colocárselo a tu hija en el cabello cuando se case con el hombre que ame.

Nicole se agachó para que su futura suegra pudiera prenderle el delicado velo en el cabello. Los estilistas comenzaron a adaptarle rápidamente el peinado. El efecto final fue de una belleza tan clásica que Nicole se quedó sin palabras.

–Ámalo con todo tu corazón, Nicole, para que no tenga que volver a preocuparme por él.

Renata la besó ligeramente en cada mejilla antes de marcharse.

Nicole frunció el ceño cuando se quedó a solas. Sintió que aquellas palabras le habían llegado a lo más profundo de su corazón. Renata creía que los dos estaban profundamente enamorados y se alegraba por ellos. Si supiera la verdad, probablemente se le rompería el corazón.

Nicole respiró profundamente y trató de tranquilizarse. Era un día más. Nada especial.

Sin embargo, cuando salió de la suite nupcial y comenzó a bajar la escalera echó en falta las damas de honor. Solo tenía a su lado a la coordinadora de eventos, que la esperaba al pie de la escalera para acompañarla al exterior, al jardín del *château,* donde había una hermosa capilla medio oculta en el bosque.

La coordinadora y su equipo le colocaron la cola antes de que se abriera la puerta de la capilla. Nicole permaneció un instante en el umbral antes de que se abrieran las puertas. Entonces, comenzó a avanzar lentamente hacia el altar consciente de que las miradas de los invitados estaban prendidas en ella. A medida que se acercaba al altar, escuchaba las exclamaciones de admiración y los suspiros de aprobación.

Al ver que Rigo se volvía para mirarla, contuvo el aliento. La admiración silenciosa que vio en sus ojos estuvo a punto de hacerla parar. Se recordó que debía seguir avanzando hacia él, centrarse en su rostro y olvidarse de todo lo demás.

Rigo llevaba un elegante esmoquin. Su hermano estaba a su lado vestido de la misma manera. Todo el mundo estaba pendiente de ella y, sin embargo, no se sentía expuesta. Con la mirada de Rigo clavada en la suya, se sentía segura. Cuando se detuvo por fin a su lado y levantó el rostro para mirarlo, la enormidad de lo que estaban a punto de hacer le resultó abrumadora.

Rigo le agarró la mano y el sacerdote comenzó la ceremonia. Cuando por fin llegó el momento en el que ella debía colocarle la gruesa alianza en el dedo de Rigo como símbolo de devoción eterna, sintió que los suyos temblaban incontrolablemente. Los dedos bronceados de Rigo cubrieron los de ella para ayudarla. Cuando le tocó a él el turno de colocarle la alianza, la chispa de la posesividad se reflejó en aquellos ojos azules como el mar.

El sacerdote los declaró por fin marido y mujer.

Nicole sintió que se le cortaba la respiración al sentir la posesión con la que la miraba Rigo. Él no tardó ni un instante en besarla, estrechándola posesivamente contra su cuerpo. Nicole se dijo que aquel beso formaba parte de la ceremonia, pero cuando Rigo la soltó sintió que los dedos de él le temblaban sobre la cintura. Aquel signo de debilidad le hizo preguntarse si tal vez ella no era la única que se estaba esforzando por no mostrarse afectada.

Rigo rompió el beso después de tiempo respetable, dado que, después de todo, estaban en una iglesia. Sin embargo, la pasión que se adivinaba en su mirada era solo para ella. Nicole comprendió con repentina claridad que aquel momento quedaría grabado en su recuerdo para siempre, fuera lo que fuera lo que ocurriera después.

El banquete de boda se desarrolló en medio de un torbellino de vino y música. Cuando el padre de Rigo bailó con ella por tercera vez, los pies le dolían tanto a Nicole que se moría de ganas por poder quitarse los zapatos.

–¿Puedo interrumpir?

La voz de Rigo resonó a sus espaldas cuando la música comenzó a volverse más lenta. Ya habían bailado juntos antes. El recuerdo aún se aferraba a la piel de Nicole, justo donde él le había apretado el rostro contra el cuello.

Los fotógrafos habían estado presentes en aquellos momentos, tratando de mezclarse lo que podían con los invitados, pero sin conseguirlo del todo. Rigo llevaba todo el día tocándola y besándola, por lo que aquella charada estaba resultando terriblemente convincente para que el mundo entero se convenciera de lo felices que eran. Sin embargo, el traidor cuerpo de Nicole no parecía darse cuenta de que aquello no era real y que Rigo tan solo estaba desempeñando un papel.

Él le colocó las manos sobre las caderas y suspiró profundamente al estrecharla contra su cuerpo. Nicole apoyó la cabeza sobre el torso masculino y se agarró a él para dejarse llevar.

Los invitados empezaron a formar una fila para despedirse de ellos y desearles todo lo mejor. Los novios realizaron la salida tradicional a través de los brazos arqueados de familiares y amigos.

Subieron en silencio a la suite nupcial. Nicole se detuvo un instante en medio del pasillo para quitarse los zapatos. Gimió de alivio al sentir los doloridos dedos sobre la esponjosa moqueta.

–¿Mejor? –le preguntó Rigo.

–Sí. Es una escalera muy larga, en especial con tacones.

Rigo dio un paso a ella y le agarró el rostro con una mano.

–Si quieres, te puedo llevar en brazos.

Como Nicole no respondió inmediatamente, él volvió a acercarse a ella y bajó la boca para darle otro beso en el cuello.

–No he podido dejar de aspirar ese delicioso aroma todo el día.

–Los fotógrafos ya no están, Rigo –susurró a pesar de que tuvo que esforzarse por controlar la excitación que le recorrió todo el cuerpo.

–Finjamos que siguen aquí.

Aquellas palabras parecieron desatar una tensión que ella no había sabido que la atenazaba. Aquel beso fue diferente de los otros. Más urgente. Rigo le enmarcó el rostro con las manos y la inmovilizó mientras la besaba profundamente, moviendo la lengua contra la de ella. los alientos de ambos se mezclaron en uno solo. No había nadie observándolos, nadie para quien fingir. Solo estaban ellos.

Nicole dejó de contenerse y cedió a una excitación que amenazaba con hacerla arder allí mismo. Le agarró el cabello y gruñó de placer al sentir la evidencia de la excitación de Rigo contra su cuerpo. Ella lo deseaba. Quería todo lo que sabía que él no podía darle. Sin embargo, tal vez podría disfrutar de aquella noche para que todo lo que viniera después fuera más fácil de sobrellevar.

De repente, le pareció imposible detenerse.

Respiró profundamente y susurró:

–Rigo... Si vamos juntos a ese dormitorio, quiero que sea real...

Rigo le agarró la mano y se la apretó contra los latidos de su corazón.

–¿Acaso puedes dudar de que lo vaya a ser?

Nicole se mordió los labios y permitió que él la condujera de la mano hasta la suite nupcial. Rigo volvió a besarla en cuanto cruzaron el umbral. Nicole apenas tuvo tiempo de apreciar las románticas velas que iluminaban la habitación. Estaba ardiendo contra Rigo y resultaba tan agradable...

Se dio la vuelta y se apartó el cabello para que él pudiera desabrocharle la larga fina de botones de perla que le recorrían la espalda.

–*Per il amore di Dio*! ¿Esto es un vestido o una camisa de fuerza? –susurró mientras comenzaba a desabrochar los minúsculos botones uno a uno–. Sería más fácil arrancarlos...

–Lo sería, pero no lo harás. Al menos, espero que no lo hagas.

–Veo que te encanta este vestido, por lo que trataré de controlarme.

Rigo siguió desabrochando botoncitos hasta que, por fin, el vestido quedó lo suficientemente suelto para que ella pudiera sacárselo. Efectivamente, le encantaba aquel vestido, no porque fuera un diseño de alta costura. Le encantaba porque a Rigo le encantaba. Recordaría para siempre el modo en el que él la había mirado cuando comenzó a caminar hacia el altar para convertirse en su esposa.

Nicole dejó que el vestido cayera lentamente al suelo antes de poder salir de la montaña de seda y tul. Con los ojos de Rigo firmemente pendientes de su cuerpo medio desnudo, comprendió que estaba así para él.

Rigo dio un paso atrás y se desató la corbata. Después, se desabrochó lentamente la camisa. Nicole sintió que se le hacía un nudo en el estómago cuando la piel bronceada fue revelándose centímetro a centímetro hasta que por fin la camisa cayó al suelo.

–¿Quieres que te la doble? –preguntó ella descaradamente–. No queremos que se arrugue.

–Nada de bromas, Nicole –gruñó él mientras la agarraba por la cintura y la sujetaba contra su cuerpo.

–Estoy nerviosa –admitió ella.

–*Dio*, ¿cómo es posible que no veas lo hermosa que eres?

–Eres la única persona que puede hacer desear creer esas palabras.

–Eso me suena a desafío, tesoro,

Los ojos de Rigo brillaban de deseo.

Capítulo 7

NICOLE extendió la mano y la deslizó descaradamente por el torso desnudo de Rigo, igual que había hecho aquella noche en París hacía ya muchos meses. La diferencia era que, en aquella ocasión la habitación había estado demasiado oscura como para poder apreciar tanta perfección. En aquellos momentos, la suave luz de las velas proporcionaba la iluminación adecuada.

El sentimiento de sentirse expuesta se intensificó, pero con los ojos de Rigo prendidos de los suyos y la pasión que veía en ellos sintió que desaparecía parte de su timidez. Vio que él estaba tan excitado como ella y que parecía beber ávidamente cada centímetro de su cuerpo. Nicole echó la cabeza hacia atrás y cerró los ojos cuando sintió que él comenzaba a acariciarla. Le cubrió los senos con las manos y comenzó a estimular los erectos pezones a través de la seda y el encaje de su corsé interior.

Aquella prenda no le había parecido demasiado apta para la seducción, pero cuando Rigo comenzó a desabrocharle los lazos uno a uno y ella se vio en el espejo, comprendió por fin el atractivo de la lencería femenina. Observó cómo los ojos de él se oscurecían. La tela le rozaba la piel de los ya sensibles pechos hasta que, por fin, le cayó por encima de las caderas.

Rigo se acercó a ella. El calor de la erección se hizo notar en la parte inferior de la espalda de Nicole cuando él comenzó a lamerle un sendero desde el cuello hasta los hombros. Las miradas de ambos se cruzaron a través del espejo y, por fin, los dedos de Rigo comenzaron a explorar los senos desnudos. Nicole no se pudo contener y se apretó un poco más contra él.

Al mismo tiempo, pareció que la mano, por cuenta propia, comenzaba a tocarle la entrepierna a través de la tela de los pantalones. El ritmo de su respiración se incrementó y ella apretó un poco más y deslizó los dedos por la larga columna de su erección. El sonido que emergió de la garganta de Rigo la excitó profundamente.

De repente, Rigo le agarró la mano y la condujo hasta la cama con dosel. Se sentó sobre la colcha y se colocó de tal modo que ella quedara frente a él, atrapada entre sus muslos. El corpiño no tardó en caer al suelo, seguido rápidamente por la ropa interior.

Instintivamente, Nicole trató de taparse el abdomen, sabiendo que las ligeras marcas del embarazo quedaban plenamente visibles para él. Sin embargo, Rigo le apartó las manos y se las colocó en los costados mientras miraba a placer.

–No te ocultes de mí.

Después, se inclinó hacia delante y le atrapó un pezón entre los labios mientras le acariciaba los costados con las manos y, por último, le agarraba con fuerza el trasero.

Nicole comenzó a relajarse. Su cuerpo se inclinaba inconscientemente hacia él para que Rigo pudiera besarla a placer entre los pechos. No se sentía muy segura de sí misma ni de su aspecto. Rigo no comprendían por qué. Trataba por todos los medios de dejarle bien claro lo sensual que la encontraba y lo excitado que estaba por ella.

Decidió mostrárselo con la lengua. Se la deslizó por

el abdomen mientras con las manos le acariciaba los muslos y se los separaba para poder deslizar los nudillos por encima de los oscuros rizos. Entonces, deslizó un dedo para excitarla con suaves caricias antes de incrementar el ritmo.

Con cada gemido que ella lanzaba, a Rigo le resultaba cada vez más difícil no hundirse en ella y terminar con aquella tortura. Se conformó con deslizar un dedo hacia el interior de su cuerpo y comenzar un placentero ritmo antes de añadir un segundo. Nicole gruñó profundamente y comenzó a susurrar palabras incoherentes mientras Rigo seguía dándole placer.

Se mordió los labios al saber que él era el único hombre que la había tenido así. Ella estaba destruyendo su autocontrol con el modo en el que respondía a sus caricias. No fingía cuando le clavaba las uñas en los hombros y dejaba que un profundo gemido se le escapara entre los dientes al sentir los primeros temblores del clímax.

Rigo sintió que los músculos se le tensaban y aminoró el ritmo. Deseaba acrecentar aquella tortura un poco más. Había esperado tanto que quería tomarse su tiempo. Quería llevarla al borde para luego sentir cómo ella se corría con la lengua. Sin dudarlo la hizo dar un paso atrás y se arrodilló frente a ella. Nicole no tuvo tiempo de protestar antes de que la lengua de Rigo se le deslizara entre los pliegues de su feminidad, acariciándola con largos y lentos movimientos acompañada de los dedos.

Nicole agarró el cabello de Rigo y gimió al alcanzar el orgasmo. Rigo sentía cada delicado espasmo en la lengua. Cuando se puso de pie, la tumbó en la cama y le cubrió el cuerpo con el suyo. Nicole era como seda caliente... Un hombre podía morir de placer así. Nunca antes había sentido algo igual y eso que prácticamente aún no habían comenzado.

Nicole se abrió de piernas y se apretó contra la erección. Ya no se mostraba nerviosa. Aparentemente, un buen orgasmo había convertido a su esposa en una mujer osada. Sonrió. Debía tenerlo en cuenta en el futuro.

Comenzó a besarla profundamente, sabiendo que ella se estaba saboreando en los labios de él. Ese hecho solo sirvió para excitarlo aún más. La agarró por la cintura. Quería que ella se pusiera encima de él para poder verla cuando los dos alcanzaran el orgasmo.

Nicole se tensó.

–Rigo... –dijo. Se mordió el labio. Estaba dudando.

–Confía en mí...

Rigo volvió a besarla y le agarró la cintura para guiarla encima de él de manera que los muslos de ella encajaran perfectamente con sus caderas. Entonces, contuvo el aliento cuando ella se deslizó lentamente sobre él, atrapando la erección en el calor líquido de su cuerpo.

Él echó la cabeza hacia atrás. La sensación era tan placentera que casi le resultaba insoportable. Nicole levantó las caderas ligeramente y comenzó a provocarle un placer extremo.

–Sí... Sigue así... –la animó, gruñendo mientras ella repetía el movimiento e incluso hacía girar las caderas con una ondulación lenta y tortuosa.

Desde aquel ángulo, Rigo tenía una visión completa de cada ángulo del cuerpo de Nicole. Ella parecía haber salido de sus fantasías más salvajes. Se tomó un instante para gozar con el hecho de que ella era completamente suya. Saber que era el único hombre que la había visto así lo excitaba profundamente.

Contuvo el aliento cuando ella se inclinó sobre él y le dio la oportunidad perfecta para reclamar sus pechos una vez más. Nicole fue acrecentando el ritmo, deslizándose sobre él al tiempo que él movía las caderas hacia arriba, intensificando así su placer. Rigo nunca había sentido un orgasmo tan lento, que estaba provocando que todos los nervios de su cuerpo entraran en un estado de tensión.

Nicole se había agarrado a uno de los postes de la cama. Rigo le obligó a soltar una de las manos y se la guio al clítoris.

–Muéstrame cómo te gusta...

Nicole cerró los ojos cuando comenzó a trazarse círculos alrededor del clítoris. Saber que él la estaba observando resultaba a la vez escandaloso y tremendamente excitante. Se obligó a abrir los ojos y a mirarlo cuando ella los fue acercando a ambos al clímax. El placer era tan intenso que estuvo a punto de detenerse. La respiración se le había acelerado mientras cabalgaba encima de él.

Rigo pareció notar su incertidumbre.

–Más fuerte –gruñó mientras la agarraba con fuerza de las caderas.

Él levantó sus propias caderas y la llenó tan completamente que Nicole lanzó una maldición. Rigo le agarró las caderas y volvió a repetir el movimiento una y otra vez. Los dedos de ella se movían cada vez más rápido. Los dos estaban muy cerca. El orgasmo de ella estaba formando tal intensidad que amenazaba con cortarle la respiración. Cuando finalmente lo alcanzó, comprobó que Rigo no tardó en acompañarla. Unos cuantos envites más fue lo que necesitó para que los espasmos del placer desgarraran su poderoso cuerpo.

Nicole trató de moverse porque no quería desmoronarse encima de él, pero Rigo no le soltaba las caderas. Gruñó de placer y hundió el rostro entre los pechos de Nicole. Entonces, tiró de ella para que lo cubriera con su cuerpo.

–Llevo semanas pensando en hacer eso –le susurró

Rigo al oído–. Ver cómo me montabas mientras te tocabas...

Nicole ocultó el rostro. Su descaro la estaba abandonando muy rápidamente.

Rigo le mordió suavemente una oreja.

–No tienes ni idea de lo que me hace verte controlando la situación de esa manera –balbuceó completamente agotado. Se giró ligeramente para que los dos quedaran tumbados de costado sobre la cama.

Rigo le colocó un brazo por encima de la cintura y la estrechó con fuerza contra su cuerpo. Nicole sintió el instante en el que el sueño lo reclamó. Sintió que el calor que emanaba de su cuerpo la rodeaba y la protegía. Entonces, se miró la alianza que le adornaba el dedo. Después de todo el placer que acababa de experimentar, casi se había olvidado de que estaban casados. Era la esposa de Rigo.

Aquel hombre tan apasionado y maravilloso era su esposo. El concepto de marido y mujer jamás había tenido ninguna importancia para ella hasta aquel día. Sin embargo, en la pequeña capilla, cuando prometió amar y honrar al hombre que estaba a su lado, un alocado pensamiento se le había pasado por la cabeza.

No estaba completamente segura de estar fingiendo.

Rigo estaba tumbado boca abajo. Su rostro estaba completamente relajado. Nicole no tenía ni idea de qué hora era, pero, a juzgar por la luz del sol, el día debía estar bastante avanzado. Se puso de costado para observarlo mejor. De repente, empezó a sentir una extraña sensación en el vientre al observar los fuertes músculos y la piel morena, que permanecía parcialmente oculta por la sábana.

Se dio cuenta de que, si movía ligeramente el pie, dejaba un poco más de piel al descubierto. Se mordió los labios y sonrió ante sus pícaros pensamientos.

Puso a prueba su teoría y, efectivamente, la sábana se deslizó un poco. Apareció una parte del trasero. Ella sintió que se le cortaba la respiración. Miró el rostro de Rigo. Por suerte, él aún estaba dormido. Ese hecho la hizo más osada. Volvió a mover el pie y la sábana cayó por completo, dejando al descubierto el cuerpo desnudo de Rigo.

Él se movió un poco y, de repente, se dio la vuelta y se tumbó boca arriba. Nicole lo observó, completamente segura de que estaba despierto.

Él no tardó en confirmar sus sospechas.

–Sigue, por favor. No dejes que te moleste...

Al escuchar esas palabras, Nicole se sonrojó. Entonces, Rigo estiró una mano y comenzó a acariciarle suavemente el costado. Por supuesto, el hecho de que en aquellos momentos estuviera de espaldas significaba que quedaban al descubierto unos músculos muy diferentes. Ella apartó la mirada y se centró en su rostro y vio que él estaba tratando de contener la risa.

–No tengo ni idea de cuál es la etiqueta para esta situación –comentó ella mirando al techo mientras trataba también de no reírse.

–Este también es un territorio desconocido para mí, Nicole.

–Venga ya... Probablemente has realizado la rutina de la mañana después tantas veces que has perdido la cuenta.

–Ninguna de esas mujeres era mi esposa.

Era su esposa.

Nicole pareció sentirse incómoda con aquellas palabras, pero no estaba segura de lo que sentía. Todo era surrealista. Allí estaba ella, tumbada junto a Rigo tras la noche de más intenso placer que había experimentado nunca. Cierto que era tan solo la segunda vez y con el mismo hombre, pero aun así...

–Tal vez deberíamos hablar cómo esto lo afecta a todo.

–¿Es eso lo que quieres hacer? –le preguntó él.

La observaba con una mirada tan apasionada que Nicole sintió un hormigueo en la piel. Rigo se dio la vuelta y se colocó encima de ella sobre la cama. Tenía el cuerpo deliciosamente cálido y ella comprendió que había estado esperando que Rigo hiciera precisamente aquello. Su cuerpo había estado anhelando el contacto con el de él desde el momento en el que abrió los ojos.

–Si quieres hablar, hazlo, pero no te prometo que te vaya a prestar atención.

Rigo inclinó la cabeza y comenzó a besarla delicadamente sobre la clavícula. Nicole sintió que la lengua le abrasaba la piel, sobre todo cuando comenzó a recorrer la de los pechos. Rigo no estaba jugando limpio...

–No estoy seguro de qué es lo que estamos haciendo –susurró ella antes de gemir de placer cuando él le lamió un pezón.

–Evidentemente, no estoy haciéndolo bien.

La miró a los ojos y se metió un pezón en la boca. Comenzó a acariciarlo con la lengua y los labios hasta que ella gimió de placer. Rigo le separó las piernas y se le colocó entre los muslos. Allí encajaba a la perfección. El vello oscuro del abdomen desaparecía justo donde se apretaba su erección. Ella lo miró y vio que él ya la estaba observando.

–Te deseo, Nicole... Que Dios me ayude, pero quiero a mi esposa en mi cama. No puedo pensar en otra cosa que no sea poseerte y hacer que grites de placer.

Se movió un centímetro y ella contuvo el aliento al notar que la punta de la erección se deslizaba ligeramente contra el lugar más sensible de su piel. Nicole cerró los ojos. La deliciosa presión se estaba apoderando de ella.

–Mírame –le dijo Rigo mientras se apoyaba sobre los brazos para estar más cerca de ella–. Dime que deseas esto.

No era una exigencia, pero tampoco una pregunta. Nicole quería responder, pero su azorado cerebro no parecía capaz de encontrar las palabras. Cada centímetro de la piel le ardía. Levantó las piernas para aferrarse con fuerza a las caderas de Rigo y suplicarle en silencio que terminara así la tortura. Él seguía esperando. Observándola atentamente.

–Lo deseo –susurró ella obligándole a que bajara la cabeza para cerrar la distancia que los separaba.

Lo besó apasionadamente, con la necesidad que la consumía. De repente, Rigo se apartó de ella y sacó un preservativo de la mesilla de noche y se lo puso.

La penetró sin dejar de mirarla. El cuerpo de Nicole se estiró para moldearse a él. El ángulo de la erección hacia que el placer fuera casi insoportable. Abrumador, pero a la vez no suficiente. Rigo se tumbó sobre ella y comenzó a devorarla con la boca y la lengua mientras comenzaba a moverse lentamente, con un ritmo que constituía una deliciosa tortura.

Nicole sintió que la tensión de su sexo se acrecentaba, sintió que el placer irradiaba a través de ella, pero sin terminar de estallar del todo. Le agarró el cabello y lo animó a ir más rápido y terminar así la tortura. Sin embargo, Rigo mantuvo el ritmo, con el rostro oculto contra el cuello de ella y susurrando palabras en italiano.

Cuando por fin alcanzó el orgasmo, el deseo líquido pareció extenderse por todo su cuerpo en oleadas magníficas. Con un último movimiento, Rigo se hundió en ella y gimió de placer al alcanzar su propio clímax.

Rigo sonrió al ver que Nicole dejaba de aferrarse con fuerza al reposabrazos cuando se apagó por fin la señal que indicaba que debían mantener los cinturones abrochados. La luz de la cabina parecía exagerar la palidez de su rostro.

Anna, por el contrario, llevaba dormida en la sillita del coche desde que llegaron al aeropuerto una hora antes.

–¿Es que no te gusta volar? –le preguntó Rigo mientras la azafata les ofrecía dos vasos de agua mineral y unos aperitivos ligeros.

–Normalmente sí, pero es la primera vez que Anna sube a un avión.

–Y está mucho más tranquila de lo que tú lo estás en estos momentos –comentó él con una sonrisa–. Relájate. El vuelo a Siena es muy corto y te aseguro que mi avión está revisado al mínimo detalle y es completamente seguro.

–Lo sé... Estoy bien, de verdad... Deseando tener un respiro de tanto acoso mediático.

–En la finca no nos molestarán. Eso también te lo aseguro.

Rigo se había asegurado de organizar un buen equipo de seguridad para su estancia. También había pedido a la niñera que los acompañara durante unos días para poder disfrutar de su esposa. Se dio cuenta de que estaba deseando tomarse algo de tiempo libre. Aquella mañana, se había despertado mucho más relajado y satisfecho de lo que lo había hecho en mucho tiempo. Sin embargo, mientras regresaban en coche a París se había sentido tenso de nuevo.

Las fotos de la boda estaban en el sitio web de la

revista. El escándalo había desaparecido por fin de los tabloides más importantes después de que se filtrara la noticia de su compromiso. El contrato con Fournier estaba a salvo.

Miró a su hija, que ya era legalmente una Marchesi. Debería sentirse aliviado de que todo estuviera saliendo según lo esperado. Los nuevos desarrollos en su relación con Nicole solo conseguirían fortalecer su relación. Al menos eso esperaba. Ella no parecía la clase de mujer que creía en el matrimonio como un cuento de hadas. De hecho, ella misma le había dicho que el amor era tan solo una noción romántica, ¿no?

–Nicole, estaba pensando... –dijo. Se interrumpió al ver que ella estaba algo amarilla–. ¿Estás segura de que te encuentras bien? –añadió. Se inclinó sobre la mesa que los separaba para tocarle la frente. Esta estaba fría y sudorosa.

Ella le apartó la mano y negó con la cabeza. Respiró de nuevo profundamente y, sin decir palabra, se puso de pie para marcharse corriendo al cuarto de baño

Anna comenzó a lloriquear en sueños. La conmoción había bastado para despertarla. Rigo deseó en silencio que la niña no se moviera, pero ella abrió los ojos poco a poco y lo miró fijamente a él.

Había presidido complicas reuniones, había dado discursos delante de miles de personas, pero aquello... al ver cómo se arrugaba el rostro de su hija y los ojos se le llenaban de lágrimas, admitió que lo aterrorizaba. Se puso de pie cuando Anna comenzó a lloriquear.

–No soy tu mamá, lo sé... –le dijo. Se sentía completamente ridículo. Anna no entendía ni una palabra de lo que él le decía.

Los lloriqueos se fueron convirtiendo en gritos. Después de un instante de indecisión, Rigo le desabrochó el cinturón y tomó a la pequeña entre sus brazos. Era tan ligera como una pluma y encajaba casi a la perfección contra su pecho. La cabina del avión era fresca, por lo que la arropó con la mantita. No sabía si lo estaba haciendo bien, pero al menos la pequeña no estaba llorando. Sonrió al sentir que ella se aferraba con fuerza a su camisa. Dos ojos azules lo observaban sin temor a ocultar su curiosidad.

La puerta del cuarto de baño se abrió y Nicole salió por fin. Parecía estar algo menos pálida. Al ver a Rigo con la niña entre los brazos, se detuvo en seco. Sin embargo, en cuanto la pequeña vio a su madre comenzó a estirar los brazos en su dirección. Nicole se apresuró a tomarla entre sus brazos y a estrecharla contra su cuerpo.

–Lo siento. De vez en cuanto me entran náuseas cuando viajo. Lo de preocuparme tanto por Anna seguramente no ayudó.

–Está bien. Parece que he evitado hacerle daño...

Nicole sonrió y abrazó con fuerza a Anna.

–En realidad, ahora es bastante fuerte. Nació con cinco semanas de antelación. Deberías haberla visto entonces.

La voz de Nicole permaneció flotando entre ambos. Sus palabras le habían resultado incómodas a Rigo. Entonces, Anna se echó a reír y estiró la mano para agarrarle a su madre un mechón de cabello.

–Debería ir a refrescarme un poco –dijo Nicole–. Esta vez me la llevaré. Probablemente tienes trabajo que hacer.

Rigo asintió y observó cómo ella tomaba su bolsa de aseo y se marchaba al dormitorio que había en el avión. Algo oscuro e incómodo había empezado a adueñarse de su pecho.

Su hija era muy hermosa. No era capaz de comprender cómo no había visto el parecido inmediatamente. Sin embargo, eso significaba que se había perdido ya muchas cosas. Se preguntó si la niña habría erigido un enorme muro entre ellos o si recordaría su ausencia y, para siempre, le consideraría un fracaso como padre.

Cuando Rigo se asomó al balcón de su casa de la Toscana, se sintió invadido de una profunda tranquilidad. Tenía una taza de café recién hecho entre las manos y se sentó para observar cómo los dedos rosados del amanecer se extendían por el cielo de la mañana. La casa estaba situada en una extensa finca entre verdes colinas y fértiles tierras.

Nicole apareció junto a él vestida tan solo con una ligera bata de seda. El cabello le caía sobre los hombros en una cascada de ondas errantes. Había hecho el amor a su esposa una vez durante la noche, después de despertarse y sentir que ella había entrelazado las piernas con las de él y otra justo antes del desayuno.

–La vista es espectacular –suspiró ella mientras se inclinaba sobre la balaustrada también con una taza de café entre las manos–. Si este lugar fuera mío, jamás me marcharía de aquí.

–Técnicamente, ahora es tuyo. Compré esta casa, con los viñedos y los establos, para colaborar en la economía local. Sin embargo, no creo que haya venido más de dos veces en los últimos años.

–¿Es que nunca te tomas vacaciones? Espera, creo que ya sé la respuesta.

–Como sabes, llevo una vida muy ajetreada, pero mi equipo de Relaciones Públicas me ha ordenado que tome unos días para irme de luna de miel y pienso aprovecharlos al máximo.

–Lo haces parecer una obligación...

–Siento mucho que mi falta de entusiasmo te ofenda, pero simplemente es que no sé estar ocioso. Me pone nervioso.

Nicole lo miró.

–Posiblemente, esa sea la primera cosa espontánea y personal que me cuentas –dijo ella–. Me estaba empezando a preguntar si, bajo todos esos músculos, estabas hecho de piedra.

–Creo que los dos sabemos cómo me muestro contigo, tesoro –susurró él mientras la tomaba entre sus brazos.

Nicole dejó el café en la mesita y le colocó las manos sobre el torso.

–En la cama nos comunicamos bien. Eso es cierto. Sin embargo, yo me refiero a cuando no estamos en la cama, Rigo. Me hace sentir incómoda pensar que tú lo sabes prácticamente todo sobre mí mientras yo sigo sabiendo muy poco sobre ti.

–¿Y qué te gustaría saber? –le pregunto él mientras se reclinaba contra la balaustrada

–No sé... Eso es como que yo te pregunte cuantas uvas crecen en estos viñedos.

–Unas once toneladas por hectárea –comentó él de repente. Entonces se echó a reír–. Es una broma. Eso me lo he inventado.

–¿Hay un Rigo Marchesi que no se haya mostrado al mundo?

La expresión del rostro de él cambió por un instante y la emoción que se reflejó en sus ojos fue tan intensa que Nicole sintió que se le cortaba la respiración. Sin embargo, apreció y desapareció tan rápidamente que ella se preguntó si sencillamente se lo habría imaginado.

–Jamás he vivido bajo fingimiento alguno como tú, Nicole. Los Marchesi no tenemos secretos –dijo despreocupadamente tras tomar otro sorbo de café–. Si quieres saber algo más de mi colección secreta de vinos, eso es algo que sí puedo hacer.

Rigo sonrió y aquella brillante expresión transformó las sombras previas de su rostro.

Nicole observó aquella sonrisa y sintió que algo florecía dentro de ella. Una pequeña semilla de esperanza a la que se aferraba. Rigo aún seguía mostrándose muy reservado, pero Nicole era lo suficientemente ingenua como para esperar que su atracción pudiera transformarse en algo más profundo si se le daba la oportunidad. Estarían allí juntos dos semanas más y ella estaba decidida a aprovechar al máximo la oportunidad de rebuscar bajo la armadura con la cual Rigo se protegía.

Cuando se asearon y se vistieron, se pasaron el día recorriendo las tierras de la finca. Rigo parecía más cómodo con Anna en brazos mientras iba explicando las diferentes clases de uvas que crecían en cada parte de la finca.

Nicole trató de tomar un segundo plano y dejar que él llevara la iniciativa. No había esperado que se mostrara tan interesado por su hija. No quería hacerse esperanzas de que él pudiera implicarse más como padre, pero cuando vio cómo besaba a su hija en la mejilla, pensó que caía otra capa de la armadura bajo la cual él se protegía. Anna se acurrucó contra su hombro y Rigo la miró sorprendido.

–Creo que estoy empezando a gustarle –dijo.

Nicole trató de echarse a reír, ignorando el modo en el que el corazón le latía al verlo cuidando de su hija. Esa pequeña esperanza floreció de nuevo en su pecho, haciéndole desear cosas que no podía tener.

Capítulo 8

RIGO se apartó de la puerta tras ver cómo Nicole acostaba a Anna. Se había quedado dormida en sus brazos. La pequeña estaba agotada después de una tarde chapoteando en la piscina, seguida de una visita a los establos.

Nicole no tardó en acompañarlo en la terraza, tras encender el monitor y colocarlo cerca de ella. Rigo sirvió dos copas de vino.

–Creo que, después de probar este, no querré nunca otro vino –suspiró Nicole tras reclinarse en una de las hamacas.

–Todo el vino de este viñedo es excepcional –comentó Rigo sentándose a su lado en otra hamaca–. Sin embargo, este en particular es de mi colección. Es mi favorito.

–¿Vas a explicarme tu comportamiento de antes?

–¿Te refieres a cuando evité que a Anna le comieran los dedos? –preguntó con la misma ansiedad que había sentido al encontrarse a la niña en los establos, rodeada de sementales.

–El caballo estaba al menos a dos metros de distancia, Rigo. Y yo la tenía en brazos.

–Estaba emocionándose demasiado y estaba agitando los deditos delante del caballo. Era cuestión de tiempo que ocurriera algo.

–Ay madre... creo que tienes que aprender a relajarte un poco. Anna no ha estado en peligro en ningún momento. Pareces haberte creado un fuerte vínculo con ella en la última semana. Empiezo a notar el síndrome de un padre demasiado protector...

–No es sobreprotección querer asegurarse de que la niña no resulta herida... bueno, tengo que admitir que soy demasiado cauteloso, pero ¿qué voy a hacer? ¿Dejar que la muerdan?

Nicole soltó una carcajada.

–Eso se llama ser padre. Bienvenido –dijo ella con una sonrisa–. Se trata de un largo camino lleno de preocupaciones y de dudas.

Rigo analizó aquellas palabras. ¿Era eso lo que le había ocurrido aquel día? La tensión que había sentido al ver a su pequeña hija tan cerca de los animales había estado a punto de volverlo loco. Al final había terminado por llevarlas a las dos a casa para que pudieran nadar en la piscina mientras él se ponía al día con algunos correos.

Nicole le había estado animando para que pasara más tiempo con Anna. Él sabía que tenía razón y en la última semana había estado relacionándose más con ella. Sin embargo, estaba empezando a creer que no estaba hecho para ser padre.

–Rigo, ¿te puedo hacer una pregunta? Es algo que no he parado de pensar después de conocer a tu familia y verte aquí con Anna.

Rigo asintió y tomó un sorbo de vino.

–¿Por qué decidiste no tener hijos siendo tan joven? Provienes de una familia muy unida. No tiene sentido.

–Nicole... –empezó él sin saber qué decir. No quería hablar del pasado. Sin embargo, la mirada que vio en los ojos de su esposa le indicó que ella no iba a rendirse.

–Solo quiero comprender al hombre con el que me he casado. ¿Es eso tan terrible?

–Me hice la vasectomía porque llegué a la decisión de que la paternidad no era para mí. ¿Tan increíble resulta?

–¿Y ahora?

Rigo se detuvo un instante para pensar. Sentía que cada vez le importaba más su esposa y su hija. Se había pasado la semana entera con ellas, realizando actividades varias en la finca. Cada noche se perdía entre los brazos de su esposa y le hacía el amor hasta que los dos estaban totalmente exhaustos. Nunca había dormido tan bien como lo había hecho desde que habían llegado a la casa. Aquel lugar lo rejuvenecía. Esa podría ser la respuesta a su repentina sensación de bienestar.

Nicole lo miraba con expectación. Rigo tomó otro sorbo de vino y la observó por encima del borde de la copa.

–No estoy seguro de qué es lo que quieres que responda.

–¿Sigues sintiendo lo mismo acerca de la paternidad ahora que tienes a Anna?

–Para ser justos, no he tenido elección –replicó. Entonces, vio la desilusión en el rostro de Nicole–. No quería decir eso.

–No importa... No sé por qué he tenido que preguntar –susurró ella mientras se reclinaba de nuevo sobre la hamaca.

–Ya te he dicho que no me gusta vivir en el pasado.

–Hay una diferencia entre vivir en el pasado y fingir que este nunca ha ocurrido. La noche del ensayo de la cena mencionaste que tuviste una prometida antes que yo...

–Si insistes en conocer la historia pasada, no soy yo quien te lo vaya a negar.

Rigo dejó la copa y se aclaró la garganta.

–Se llamaba Lydia. Nos conocimos cuando yo estaba en mi último año en la universidad en los Estados Unidos. Ella era un año mayor que yo y trabajaba en una cafetería del campus. La conocí en un bar un viernes y casi sin darme cuenta me encontré viviendo con ella.

–¿Tan rápido?

–Demasiado. Sin embargo, entonces no me di cuenta. Estaba demasiado enamorado para notar las señales de alarma a mi alrededor –dijo él. Se puso de pie y se acercó a la balaustrada de la terraza–. Apenas llevábamos juntos seis meses cuando me dijo que estaba embarazada. Yo era un idiota romántico y le pedí matrimonio inmediatamente. Los dos vinimos aquí para conocer a mi familia. Por supuesto, yo no les dije nada del bebé. Ese sería nuestro secreto hasta después de la boda.

Rigo soltó una carcajada, que en aquella ocasión sonó muy cruel.

–Ella me tenía dominado. Si mi madre no hubiera sentido una repentina antipatía hacia ella, ¿quién sabe cómo habrían salido las cosas? Mi madre organizó algunas comprobaciones de seguridad, solo una precaución antes de la boda. Yo permanecí aquí mientras que Lydia regresaba a los Estados Unidos para seguir con los preparativos de la boda. Con mi tarjeta de crédito, por supuesto.

Nicole lo miró escandalizada, pero dejó que él prosiguiera sin decir palabra.

–Recuerdo que estaba sentado a la puerta de la capilla después de reservar la fecha de nuestra boda cuando me llamó, llorando. Había perdido el bebé –murmuró sacudiendo la cabeza–. Yo permanecí sentado en los escalones de aquella capilla y lloré con ella, completamente destrozado por la vida que habíamos perdido. Me monté en el primer vuelo y corrí a su lado. La cuidé y la reconforté. Le dije que volveríamos a intentarlo. Que yo le daría tantos hijos como quisiera –suspiró–. Mi madre llegó a mi apartamento inesperadamente unas semanas después. Lydia estaba en un spa. Jamás olvidaré el gesto de su rostro cuando me contó lo que había averiguado. Yo me sentí furioso. Estuve a punto de pedirle que se marchara, pero entonces ella me mostró una copia de un documento médico fechado un mes antes. Era de Lydia. Y había una fotografía de ella de una cámara de seguridad. Era una clínica para realizar abortos.

Nicole se cubrió la boca con la mano. Se sentía horrorizada.

–Rigo...

–Le pregunté en el instante en el que llegó a casa. Como es natural, ella lo negó todo hasta que le mostré las pruebas. Me dijo que tenía miedo de tener el bebé, que le preocupaba que haría que yo la amara menos. Sin embargo, mi madre en ese punto ya me había mostrado las enormes facturas que ella había ido acumulando en mi tarjeta de crédito. Yo sentí que la venda se me caía de los ojos, la venda que me había impedido ver quién era ella realmente.

Nicole permaneció en silencio, procesando la información de que en el pasado Rigo había estado enamorado. Había dicho que no creía en el amor ni en el romance, pero, evidentemente, en aquellos momentos de su vida sí que había creído. Aquella mujer lo había estropeado todo.

–Cuando estaba sacando sus cosas de mi apartamento, encontré un imperdible en el mismo cajón en el que yo guardaba los preservativos. A menudo me había animado a que no utilizáramos protección afirmando que tomaba la píldora. Sin embargo, yo era muy riguroso en las precauciones.

–¿Se quedó embarazada a propósito?

–Terminó por admitirlo cuando se dio cuenta de que habíamos terminado. Fue muy duro ver que ella no era la persona que había dicho que era. Me había mentido en casi todo lo que me dijo para cazarme.

–¿Y decidiste hacerte la vasectomía por lo que ocurrió?

–Superé la ruptura muy pronto. La ira me ayudó. Terminé mis estudios y regresé a Italia para empezar a trabajar junto a mi padre. Me sentía tan perdido que solo quería juergas, divertirme, acostarme con todas las mujeres que pudiera. Sin embargo, cada vez que veía a una que me gustaba, me preguntaba si ella sería como Lydia. No pude acostarme con una mujer en más de un año. Entonces, escuché una conversación que mi padre tenía con mi tío sobre las amantes de este último. Mi tío se reía y le decía que sus amantes trataban de quedarse embarazadas sin saber que él se había hecho la vasectomía.

–Así que fuiste y te la hiciste...

–No fue tan sencillo. No me decidía. Yo siempre había albergado la esperanza de ser padre...

–Sin embargo, decidiste hacértela de todos modos.

–Sí. Decidí que no podría correr el riesgo de entregarme de ese modo, así que descarté la posibilidad de tener hijos. Me la hice y comencé a ser más selectivo en mis relaciones con las mujeres. Solo me acostaba con las que estaban muy centradas en su carrera y eran independientes. Nada que se pareciera a una cazafortunas.

–Hasta que me conociste a mí... Ahora comprendo por qué reaccionaste como lo hiciste aquella mañana. Yo te recordaba a ella, ¿verdad?

–Sí, pero ahora sé que no tenías nada que ver. Conozco la verdad sobre tu pasado.

–¿Y sigues decidido a no permitir que nadie se acerque a ti?

–Nicole, te he contado esto para ayudarte a que me entiendas...

–Y te entiendo, claramente –dijo ella acercándose también a la balaustrada–. Lo que te ocurrió es muy doloroso. Me imagino lo difícil que debe ser confiar de nuevo en una mujer. Sin embargo, aquí estamos. Casados desde hace poco más de una semana y yo acabo de descubrir esto...

–Te lo debería haber contado antes, pero habíamos acordado mantener las distancias. No creí que tuvieras que saberlo.

–Pensé que te mostrabas distante conmigo por nuestro pasado y que aún no habías aprendido a confiar en mí. Espero que tal vez con el tiempo.... Que algún día podamos tener más.

–Claro que confío en ti, Nicole –susurró él mientras le agarraba con suavidad las manos.

Ella se apartó de él.

–Confías en que yo no te robe el dinero, pero jamás me confiarás tu corazón, ¿verdad?

–¿Mi corazón? ¿Y qué tiene eso que ver con confiar el uno en el otro?

–¡Todo! –gritó ella–. ¿Cómo es posible que no te des cuenta de que estoy completamente enamorada de ti? –le preguntó. Se negaba a permitir que las lágrimas le cayeran por las mejillas–. Me he estado enamorando de ti desde la noche en la que te hablé de mi pasado. Te dije la verdad por primera vez y tú me escuchaste. Eres la única persona del mundo que me ve por quién soy realmente. Lo que hay entre nosotros es real... ¿es que no lo ves?

–Sé que es real... lo que hay entre nosotros es muy especial, Nicole.

–Pero tú no me amas.

Al escuchar aquellas palabras, Rigo se mesó el cabello con frustración.

–No es que no te ame. Es que no puedo hacerlo. Me estás pidiendo algo que no existe.

–¡Claro que existe! –afirmó Nicole–. Solo por lo que te hizo esa mujer no eres un robot. Tienes miedo de volver a entregarte plenamente a nadie y lo comprendo.

–Nicole... vamos a tomarnos un descanso ahora... –susurró Rigo. Se alejó unos pasos de ella. Estaba muy tenso.

–Esta conversación tenía que ocurrir sí o sí –prosiguió ella–. Y me alegro de que esté ocurriendo ahora. Yo no voy a conformarme con una relación a medias sobre todo cuando sé que me merezco más.

–¿Estás diciendo que yo no te merezco a ti? ¿Es eso? Estás tratando de obligarme a decir cosas cuando ni siquiera comprendes lo que me estás pidiendo.

–No tienes que decir nada. No voy a presionarte ni alejarme de ti llorando. Te doy la opción de regresar a nuestro anterior acuerdo.

–Nicole...

–Eso es lo único que estoy dispuesta a darte, Rigo. Si seguimos por este camino, alguien terminará sufriendo y los dos sabemos quién será.

Rigo permaneció en silencio, observándola con la mirada más fría que le había dedicado nunca.

–Yo seguiré siendo tu esposa, pero solo en nombre...

–Si eso es lo que quieres –respondió él inmediatamente–, saca tus cosas y llévatelas a una de las habitaciones de invitados.

Con eso, Rigo se sentó y se sirvió otra copa de vino.

Nicole permaneció allí más tiempo del que debería, mirando al hombre que amaba, esperando que él recuperara el sentido común.

Cuando entró en la casa y subió en silencio la escalera, deseó que él fuera tras ella, tal y como había deseado que él hiciera el día en el que le dijo que estaba embarazada. Sin embargo, en aquellos momentos era mucho peor porque estaba enamorada de él. En aquellos momentos, sentía que el corazón se le estaba rompiendo a cada paso que daba para alejarse de él. No obstante, sabía que era lo mejor. No podía darle todo sabiendo que él jamás sentiría lo mismo.

Cuando comenzó a recoger sus cosas para trasladarlas a otra habitación, comenzó a llorar desesperadamente. Se secó las lágrimas con furia, tratando de volver a recuperar la compostura. Entonces, oyó un coche que arrancaba en el exterior de la casa. Se asomó por la ventana y vio que Rigo se alejaba de la casa en su deportivo. Poco después, las luces desaparecieron en medio de la noche.

Nicole se sentó en la cama y admitió por fin lo que se había negado a creer. No había esperanza a la que aferrarse.

Comenzó a llorar desconsoladamente. Todo había terminado.

Rigo estaba en el improvisado despacho que tenía en la casa esperando la llamada que le confirmara que el avión estaba preparado. Aún le quedaban cinco días de su luna de miel, pero no podía seguir allí ni un minuto más dado que Nicole se negaba a hablarle.

Podía aceptar su ira, pero no su silencio.

Debería haberse imaginado que todo terminaría así. Las cosas habían estado yendo demasiado bien. Al menos antes podían mostrarse corteses el uno con el otro. En aquellos momentos, llevaban casados una semana y la situación era insostenible. El divorcio era la única posibilidad. Era inevitable.

Pensó en sus padres, que llevaban casados treinta y cinco años sin haberse separado nunca. ¿Cómo lo habían logrado?

No había podido encontrarla en toda la mañana, pero lo más probable era que la hubiera recogido el chófer de sus padres. Había ido a visitar a los suyos con regularidad para que pudieran pasar todo el tiempo posible con Anna.

Seguramente sus padres habían pasado más tiempo

con su hija hasta aquel momento que él. No sabía por qué no podía comportarse con naturalidad, como su padre. Sin embargo, eso ya no importaba. Cuando se divorciara de Nicole la vería aún menos.

Pensar en que vivirían separados lo llenó de un vacío indescriptible, pero sabía que era lo mejor. No podía darle a Nicole lo que ella deseaba. Jamás podría hacerlo.

Nicole estaba empezando a lamentarse de su decisión de llevarse a Anna a disfrutar de un picnic sin la sillita de paseo. La niña pesaba mucho después de llevarla en brazos diez minutos colina arriba. Sin embargo, no podía soportar el ambiente opresivo que reinaba en la casa. Rigo se iba a marchar aquel mismo día y ella no quería estar presente cuando lo hiciera.

Se había pasado las últimas veinticuatro horas llorando. Había llegado el momento de que se acostumbrara a vivir allí sola dado que había optado por quedarse allí.

Adoraba aquel lugar. Era el sitio perfecto para criar a Anna. Los habitantes de la zona estaban acostumbrados a los Marchesi y no los importunaban. Llevaría una vida tranquila.

Se detuvo en lo alto de la colina y encontró un árbol bajo el que poder sentarse. Aún era bastante temprano, pero la temperatura rondaba ya los veinticinco grados. Colocó a Anna sobre una manta y se quitó los zapatos. Había llevado algo de fruta y pan para tomarlo allí. Al ver que Anna le quitaba un trozo de melón de la mano y lo chupaba ávidamente, se echó a reír.

Se dijo que allí estaría bien. Tenía intimidad para criar a su hija. Eso era lo único que le importaba en aquellos momentos.

Cuando terminó de tomarse la fruta eran cerca de las once. Se puso de pie y observó la iglesia en la distancia.

Entonces, vio un coche negro y un hombre de pie junto al vehículo.

Sin previo aviso, el hombre sacó una bolsa del coche y extrajo una enorme cámara telescópica de ella. Entonces, echó a andar. Hacia Nicole.

Paparazzi. Nicole no desperdició ni un segundo. Abandonó el picnic y la manta y cubrió el rostro de Anna mientras echaba a andar lo más rápido que podía en la dirección opuesta. Vio que el hombre echaba a correr. El corazón le latía con fuerza. Le costaba sujetar a Anna y taparle el rostro al mismo tiempo.

Echó a correr, pero, como había abandonado las sandalias junto al picnic, le costaba andar por el duro terreno. Cada paso que daba le suponía una agonía.

Cuando oyó un ruido a sus espaldas, se giró sin dejar de andar para comprobar que el hombre no la estaba alcanzando. Entonces, tropezó y se cortó la planta del pie con una afilada roca. Anna comenzó a llorar. El hombre estaba ganándoles terreno muy rápidamente.

A él no le importaba que su hija estuviera aterrorizada. Lo único que quería era conseguir la foto de la niña, por la que se le pagaría muchísimo dinero. Sin embargo, no iba a conseguirla.

A pesar del dolor, consiguió llegar muy cerca de las puertas de su casa, casi estaban a salvo. Empezó a gritar para que los guardias de seguridad acudieran en su ayuda. Anna estaba llorando completamente desesperada. Su pequeño cuerpo temblaba de miedo mientras se agarraba con fuerza a la blusa de su madre

Por suerte, los hombres respondieron rápidamente. Salieron a buscarla. Sin embargo, se quedaron en un segundo plano cuando apareció su esposo con la ira reflejada en el rostro.

Capítulo 9

EL PUÑO de Rigo conectó con la mandíbula del fotógrafo y lo tiró al suelo inmediatamente. Entonces, agarró la cámara y la arrojó por encima del muro de la finca, en cuyo interior cayó con un ruido a cristales rotos muy satisfactorio.

–Te vas a arrepentir de esto, Marchesi –le espetó el hombre mientras escupía sangre sobre el suelo.

Rigo se inclinó sobre él y lo agarró por cuello de la camisa dispuesto a darle otro puñetazo. Solo la mano de Nicole en el brazo le impidió hacerlo. La ira fue desapareciendo y, al final, lo único que fue capaz de escuchar fueron los gritos aterrados de su hija.

Se volvió y tomó a Anna de los brazos de Nicole mientras los guardias de seguridad se ocupaban del fotógrafo. La niña se acurrucó contra él y poco a poco fue calmándose. Rigo agarró a Nicole por el brazo y las llevó a ambas de vuelta al interior de la casa.

Cuando estuvieron dentro, terminó de calmar a Anna hasta que la niña volvió a sonreír. Entonces, la colocó en el parque de juegos y la rodeó de sus juguetes favoritos. Luego, fue a buscar un botiquín y se puso a limpiar las heridas que Nicole tenía en los pies.

Ella aulló de dolor.

–Tuve que dejar los zapatos para salir huyendo de ese hombre.

–Voy a ocuparme de él... No te preocupes.

–Te va a demandar por haberle pegado...

–Me gustaría ver cómo lo intenta –rugió Rigo mientras terminaba de curarle y vendarle las heridas a Nicole.

Tras cerrar el botiquín, se puso de pie y la miró.

–Rigo, la situación es grave. Has vuelto a empezar la guerra con las personas que tanto hemos luchado por mantener a raya.

–¿Acaso hubieras preferido que permitiera que se marchara con fotografías de nuestra hija?

–¡No! Por supuesto que no –dijo ella haciendo gestos de dolor cada vez que caminaba–. Simplemente me preocupa cómo va a afectar esto a tu contrato... a tu empresa.

Rigo sintió un nudo en el pecho. No había pensado en eso. Si era sincero consigo mismo, llevaba días sin hacerlo. Se había movido por instinto, para proteger lo que más le importaba. Por primera vez en su vida, no había puesto sus propios intereses primero. ¿Desde cuándo eran Nicole y Anna más importantes?

Se puso de pie y se acercó a la ventana. Observó cómo metían al repugnante fotógrafo en un coche de *Polizia*. Alberto estaba en la verja y se volvió para mirarlo con una expresión que Rigo sabía reflejaba perfectamente la suya propia.

Lo había estropeado todo. Soberanamente.

A la mañana siguiente, Nicole estaba en la cocina observando cómo Rigo recorría de arriba abajo la terraza mientras hablaba con sus abogados. Le turbaba no saber qué hacer con su esposo. No sabía si debía tratar de mostrarle su apoyo o dejarle en paz. Ver cómo perdía el control el día anterior había resultado aterrador. Había sido como ver a un desconocido.

Él regresó al interior y dejó el teléfono sobre la encimera para tomarse un sorbo de su *espresso*.

–El fotógrafo me ha demandado –dijo mientras apretaba los puños–. Afirma que porque estaba en un lugar público debería aplicársele el derecho de libertad de prensa. Los medios están presionando para que se revoque nuestro mandamiento judicial.

De repente, Nicole sintió mucho frío a pesar del cálido sol de la mañana, que entraba a raudales por la ventana. Si se revocaba el mandamiento judicial, eso significaría que podrían conocerse detalles íntimos de su relación y de su hija

–Tenemos que marcharnos a París inmediatamente –afirmó Rigo.

–Yo no pienso marcharme a París.

–Tenemos que enfrentarnos a esto, Nicole. Si fracasa el trato con Fournier, miles de puestos de trabajo correrán peligro, por no mencionar el efecto que algo así tendría sobre el grupo Marchesi.

–En estos momentos, tu empresa no es mi prioridad.

–Nicole, te necesito a mi lado si queremos tener alguna posibilidad de superar todo esto. Eres mi esposa.

–Exactamente. Soy tu esposa. Así que deja de pensar en mí como una herramienta que utilizar contra los medios y considerar lo que yo siento para variar. Ese hombre me persiguió colina abajo para conseguir fotos de mi hija, Rigo. ¿Tienes idea de lo aterrador que resulta saber que sigo sin poder protegerla?

–Accediste a esto cuando te casaste conmigo. Sabías lo que implicaba una relación con un perfil como el nuestro.

–Yo no accedí a meterme en un nuevo escándalo. No puedo regresar a París ni exponerme de nuevo por ti. Lo siento.

Con eso, sacudió la cabeza y regresó al salón. Rigo la siguió.

–Hice lo que hice para proteger a mi familia. Me

enfrenté a ese hombre por ti. Y ahora sales huyendo como una cobarde.

–¿Sabes una cosa? Eso es exactamente lo que me decía siempre mi madre cuando ella había hecho algo que hacía que mi vida fuera más difícil –le espetó. Rigo se sintió como si ella le hubiera abofeteado.

–Eso es injusto. Sabes que me preocupo por ti... y por Anna. Os necesito a las dos conmigo en París y no hay más que decir.

–Si te preocuparas por nosotras, no nos harías marcharnos de esta casa nunca más.

–Nicole, escúchame. Te protegeré de los medios –dijo mientras tomaba las manos de ella entre las suyas–. Realicé esa promesa y ya te he demostrado que lo decía en serio. Deja que te proteja.

–No puedes utilizarme una y otra vez para proteger a tu empresa del escándalo y seguir aparentando que pones primero a tu familia.

Rigo le soltó las manos y dio un paso atrás.

–¿Y qué vas a hacer? ¿Vas a encerrarte aquí para criar a mi hija sola en esta casa, como si fuera la maldita Rapunzel? ¿Crees que eso es mejor que arriesgarse a que alguien le pueda hacer alguna fotografía?

Nicole permaneció en silencio. Se negaba a mirarlo.

–La única persona que se está mostrando poco razonable eres tú. Espero que seas feliz aquí, en tu propia cárcel.

Con eso, Rigo se marchó y dejó a Nicole mirando la puerta con una expresión vacía en el rostro.

Rigo permaneció en silencio en la sala de conferencias mientras el infierno estallaba a su alrededor. El equipo de Relaciones Públicas llevaba tres días trabajando sin parar para mantener el mandamiento judicial, pero la historia iba tomando fuelle en las redes sociales y el resultado parecía ya inevitable. Los paparazzi se habían unido y exigían sangre.

A nadie parecía importarle que aquel fotógrafo hubiera tendido una emboscada a su esposa e hija. Parecía inevitable que el caso terminara en los tribunales. Los directores de Fournier ya habían convocado una reunión de emergencia con el consejo de dirección. Iban a echarse atrás y no había nada que Rigo pudiera hacer para conseguir que cambiaran de opinión.

El mundo parecía estar desmoronándose a su alrededor. Si por lo menos Nicole hubiera confiado lo suficiente en él, tal vez juntos pudieran haber capeado el temporal y conseguir que todo se pusiera a su favor. Sin embargo, ella había preferido quedarse escondida.

–Rigo, ¿estás escuchando? –le preguntó el director de su departamento legal.

Él se levantó. De repente, se sentía muy cansado de aquella situación. Todas aquellas personas habían estado trabajando incansablemente para él. ¿Y todo para qué? Rigo llevaba cinco años dedicado a convertir la empresa familiar en la más grande de toda Europa, absorbiendo empresas y firmando contratos. Con el acuerdo Fournier a punto de perderse, se sintió vacío. De repente, comprendió que ya nada le importaba. Por eso, se levantó y se marchó de la reunión sin dar más explicaciones.

Cuando llegó a su apartamento, vio que la acera estaba repleta de fotógrafos, igual que lo había estado desde hacía tres días. Aquella situación le hizo comprender la clase de vida que Nicole debía de haber llevado. Él nunca había vivido nada similar. Aquella experiencia le abrió los ojos.

Entró en su apartamento e inmediatamente se dio cuenta del sombrero azul que estaba sobre la encimera de la cocina y vio que su padre estaba sentado en el sofá, con una copa de coñac entre las manos.

–He venido en cuanto he visto las noticias –dijo. Se puso de pie y fue a servirle otro coñac a su hijo.

–¿No estabas de viaje en alguna parte? ¿O es que te ha llamado el tío Mario en cuanto se dio cuenta de hasta dónde había metido yo la pata?

–Mario me llamó –admitió Amerigo–, pero estoy aquí por mi hijo, no por el director ejecutivo del grupo Marchesi. Antes de tu boda, ¿cuándo fue la última vez que te tomaste unas vacaciones?

–Papá, tengo cosas más importantes de las que preocuparme en estos momentos...

–¿Otra absorción? –le preguntó Amerigo sacudiendo la cabeza–. Mira, hijo. Admiro todo lo que has conseguido. Has llevado la empresa familiar a un nivel que yo jamás soñé en poder conseguir. Sin embargo, ¿cuándo va a ser suficiente?

Rigo miró a su padre sin comprender.

–Yo creo en el progreso constante...

–Progresar. ¿Es eso lo que crees que estás haciendo? Pues desde aquí me parece que no haces más que correr sin moverte del sitio.

–Papá... en estos momentos estoy sometido a mucha presión. No agradezco tus regañiñas...

–Pues hay que regañarte de vez en cuando. Eres tan testarudo... Igual que tu madre. Desde que esa maldita chica te engañó, estás así. Huyendo y huyendo del dolor.

–He estado tratando de seguir con mi vida. ¿Tan difícil resulta creerlo?

–Sí. Porque es mentira. Cuando te des cuenta de eso y veas que tal vez sea mejor que este asunto vaya disolviéndose poco a poco. Es más importante que vayas a disfrutar del resto de tu luna de miel. La empresa sobrevivirá a la pérdida del contrato con Fournier.

–No es tan sencillo –susurró Rigo tras tomar un

sorbo de coñac–. Si pierdo este contrato, el consejo reaccionará. Ya han expresado su enfado.

–Hijo, si pudiera darte una lección de vida, sería esta. No pierdas un tiempo muy valioso en lo que el consejo ni nadie piense que debes hacer. Vive tu vida.

Las palabras de su padre siguieron resonándole en la cabeza mucho después de que su padre lo dejara solo. Le había dicho a Nicole que no permitiera que los medios dictaran su vida, pero él estaba haciendo eso precisamente. También le había dicho que confiara en él, que él la protegería de todos sus temores y, sin embargo, en el momento en el que las cosas se pusieron difíciles, él le había pedido que se expusiera a lo que más temía por su empresa.

La había tratado igual de mal que su madre. Al comprenderlo, sintió náuseas.

Mientras el taxi avanzaba por las calles de París, Nicole se preguntó por millonésima vez si estaba haciendo lo correcto. Cuando se enteró de que la vista en el tribunal era aquel día, supo que no podía mantenerse al margen. Tenía que intentar hacer algo.

Salió del coche y miró los escalones que conducían al juzgado. Vio a Rigo de pie cerca en lo más alto. Estaba terminando su declaración a la prensa. En el momento en el que él la vio, sintió que se le hacía un nudo en el estómago. De repente, se sintió mucho menos valiente.

Con el rostro sorprendido, Rigo bajó los escalones para reunirse con ella.

–¿Qué diablos estás haciendo aquí? –le preguntó con dureza–. Vuelve a meterte ahora mismo en el coche antes de que te vean.

–He venido a declarar –dijo ella–. He venido a apoyarte.

–Todo ha terminado –le informó él–. Les he pagado y el caso ha sido desestimado. Si me hubieras dicho que ibas a venir, te habría dicho que te quedaras exactamente donde estabas.

–¿En mi cárcel?

–Estaba muy enfadado conmigo mismo cuando dije esas palabras.

–No. Tenías razón, Rigo –afirmó ella–. No puedo vivir siempre huyendo de esas personas. No puedo enseñarle a mi hija a tener miedo.

–Cuando te dije esas palabras, en lo único que estaba pensando era en mí mismo. Llevo tan solo unos días viviendo en un microscopio y ya me he vuelto medio loco. Además, fueron mis actos los que nos metieron en este lío y yo debo enfrentarme solo a las consecuencias.

–No he venido solo por ti, Rigo. También he venido por mí. Quiero demostrarme que soy lo bastante fuerte para proteger a mi hija.

–Lo eres, Nicole. Eres la mujer más fuerte que he conocido nunca.

Un cámara se dio la vuelta y los vio a los dos hablando. Muy pronto, todos los periodistas presentes bajaron hacia ellos.

–Es tu última oportunidad –le advirtió Rigo.

Nicole lo miró con una expresión muy seria.

–No voy a huir más.

Las cámaras y los reporteros los rodearon con un murmullo de excitación. Las preguntas no tardaron en producirse.

–Nicole, ¿qué tienes que decir sobre las alegaciones de que tu matrimonio es una completa mentira?

Nicole respiró profundamente y trató de recordar el discurso que había memorizado en el avión. Cuando lo consiguió, se cuadró de hombros y comenzó a hablar.

–El matrimonio es un asunto muy íntimo para mi

esposo y para mí. Solo porque los dos hayamos cortejado antes a los medios no significa que ustedes puedan disponer de nuestras vidas privadas a su conveniencia.

–¿Y qué tiene que decir sobre el feroz ataque de su esposo?

–Mi marido actuó instintivamente para proteger a mi hija y a mí del acoso de un desconocido. Les voy a hacer una pregunta. ¿En qué mundo es legítimo perseguir a una mujer sola con una niña inocente con el único propósito de entretener al público? ¿Le da su ocupación el derecho de poner en peligro la seguridad de los que no se pueden proteger a sí mismos? Hasta que mi hija tenga la edad suficiente para elegir lo que desea hacer, yo defenderé con uñas y dientes su derecho a la intimidad.

Capítulo 10

RIGO se quedó asombrado al ver a la mujer segura y fuerte que se enfrentaba a la prensa. Las palabras que les estaba diciendo tenían un peso y una fuerza enormes. Lo que había empezado como una especie de declaración públicas se había transformado de algún modo en un linchamiento público a los paparazzi y a lo poco que les importan los niños.

Su esposa se estaba transformando ante sus ojos. Ya no quedaba nada de la mujer pasiva que había vivido su vida según le dictaban los demás. En su lugar, había surgido una mujer fuerte, lista para enfrentarse a los que se opusieran a ella.

Cuando terminó de hablar, unos cuantos paseantes empezaron a aplaudir. Entonces, los periodistas comenzaron a hacerle más preguntas. Rigo indicó a sus guardaespaldas que se acercaran para alejar a Nicole de la zona.

–Creo que esa ha sido la experiencia más aterradora y excitante de toda mi vida –comentó ella sonriendo mientras avanzaban por la calle–. Me siento como si pudiera conquistar el mundo.

La sonrisa se le heló en los labios cuando vio que Rigo le abría la puerta de su limusina.

–No voy a ir contigo, Rigo. He venido directamente desde el aeropuerto –dijo indicando el taxi que aún estaba esperándola–. Me vuelvo a Toscana inmediatamente.

–Tenemos que hablar, Nicole. Te lo ruego. Regresa conmigo al apartamento.

–No tenemos nada más que decir...

–Nicole...

Rigo trató de superar la extraña tirantez que sentía en el pecho. Estaba tratando de decirle lo orgulloso que se sentía de ella, pero no le salían las palabras. Por eso, le enmarcó el rostro con las manos y, sin importarle la gente que los rodeaba, la besó apasionadamente tratado de mostrarle así lo mucho que significaba para él.

Cuando Rigo dio por terminado el beso, Nicole estaba sin aliento. Y él sentía aún más tensión en el pecho.

–Rigo...

Él contuvo el aliento cuando la vio pelearse consigo misma. Sin embargo, cuando ella lo miró a los ojos y Rigo vio la solemnidad que había en ellos, supo que la respuesta sería no mucho antes de que ella se diera la vuelta para regresar a su taxi.

Mientras el piloto realizaba las últimas comprobaciones, Nicole se reclinó en el asiento y miró por la ventana sin ver nada en realidad. Debería haberse ido con él. Deberían haber regresado juntos al apartamento con el pretexto de hablar para luego terminar metiéndose directamente en la cama.

Se mordió el labio y trató de tragarse el nudo que se le había formado en la garganta y que no había podido deshacer desde que se separó de Rigo.

Ella le había dicho que lo amaba y Rigo le había dejado muy claro que él no sentía lo mismo. Se preocupaba por ella, pero Nicole no podía permanecer en una relación en la que ella era la única que ponía toda la carne en el asador.

De repente, escuchó que se producía un revuelo en el exterior del avión. Vio que volvían a bajar las escaleras. Rigo no tardó en aparecer en la puerta de la cabina.

–¿Qué estás haciendo aquí? –le preguntó ella mientras se desabrochaba el cinturón y se ponía de pie.

Rigo se acercó a ella. Nicole se percató por primera vez de las ojeras que tenía en el rostro y de la incipiente barba que le sombreaba la mandíbula. ¿Había tenido aquel aspecto tan torturado en las escaleras del tribunal?

–No debería haberte besado de ese modo...

–No. No deberías haberlo hecho.

–No sé qué es lo que me pasa. Parece que no soy capaz de hacer nada ni de decir nada adecuado en tu presencia. Una y otra vez.

Nicole se mordió los labios. Deseaba que se fuera para no verse tentada a olvidar por qué se había marchado en un principio.

–No hay necesidad de decir nada. Te dije que te fueras y vivieras tu vida por separado.

–Ese es el problema, Nicole... no quiero estar en ningún sitio en el que tú no estés. El día del fotógrafo, cuando salí de la casa para encontrarte aterrada y sangrando, te juro por Dios que algo pareció surgir dentro de mí para ahogarme por dentro. Soy un hombre hecho y derecho, pero tuve miedo de lo indefenso que esa sensación me hacía sentir. Tú ya me habías dicho que te amara o te dejara, Nicole. Sin embargo, lo que no comprendí fue que he estado tratando de no perder la cabeza desde el momento en el que te vi por primera vez.

–Rigo, hablo en serio cuando te digo que no voy a conformarme con una relación a medias...

–Ni yo tampoco –susurró Rigo mientras se acercaba a ella para agarrarle las manos y mirarla a los ojos–. Lo quiero todo.

Nicole nunca había visto así a Rigo. Estaba diciéndole cosas con las que ella tan solo había podido soñar hasta entonces. No se atrevió a hablar por temor a romper el embrujo.

–Fui un completo idiota al pensar que me había perdido para siempre después de lo ocurrido con Lydia. La verdad era que me estaba protegiendo de volver a sufrir de ese modo. Incluso de Anna. Sé que no me lo merezco después de todo lo que he hecho, pero no podía dejar que te marcharas sin arriesgarme, aunque pudiera ocurrir que me rechazaras. Quiero ser tu esposo en todos los sentidos de la palabra. Deja que te ame como te mereces ser amada.

–¿Me estás diciendo que me amas?

–Llevo enamorado de ti desde el momento en el que te coloqué ese anillo en el dedo y te convertí en mi esposa. Desgraciadamente, era demasiado testarudo para darme cuenta.

Nicole sintió que el corazón se le deshacía por completo al mirar aquellos profundos ojos azules. No se le ocurría nada coherente que poder decir. Decidió que era mejor rodearle con sus brazos y besarlo con toda la pasión que le podía ofrecer.

Rigo sintió que los labios de Nicole rozaban los suyos y notó que el corazón le estallaba de alegría. La levantó del suelo y la besó con todo el amor que poseía. ¿Cómo había podido pensar que podría ser más feliz sin aquella mujer a su lado?

Al pensar en todas las ocasiones en las que le había hecho daño, sintió que se le hacía un nudo en el corazón. Rompió el beso y volvió a dejarla en el suelo.

–Nicole, comprendo que te he hecho daño en muchas ocasiones y que es difícil que puedas confiar en mí. Sin embargo, quiero enmendar esa situación. Si me das la oportunidad, te prometo que jamás volveré a apartarme de tu lado mientras vida –susurró colocando la frente sobre la de ella–. Quiero pasar más tiempo con mi familia y dejar de trabajar tanto.

–¿Harías eso por nosotros?

–Por los tres. No quiero volver a estar alejado de mi familia más de lo que sea necesario.

–¿Ni siquiera aunque yo tenga la ropa interior extendida por todo el suelo?

–Especialmente entonces. Te amo, Nicole. Te amo tanto...

–Creo que no me cansaré nunca de escucharte decir esas palabras –musitó ella mientras le rodeaba el cuello con los brazos y se apretaba contra su cuerpo.

Epílogo

ME ESTÁ costando acostumbrarme a ver a mi esposo conduciendo su propio coche –comentó Nicole sonriendo mientras él conducía el todoterreno por una estrecha carretera de la campiña francesa.

–Probablemente voy conduciendo demasiado despacio, pero he elegido el lujo por encima dc la velocidad dado que el Ferrari no era una opción.

Miró brevemente por encima del hombro y sonrió.

Nicole miró también hacia atrás y observó a su hija durmiendo plácidamente. ¿Cómo era posible que hubiera transcurrido ya un año desde que la vio por primera vez? Cuando pensaba en aquel día en el hospital preguntándose mientras sujetaba la mano de su hija si Rigo sabría que había sido padre...

Ni en sus más hermosos sueños habría esperado estar sentada junto a él en el primer cumpleaños de su hija, felizmente casados y planeando una vida juntos.

Rigo le colocó la mano sobre el muslo y la sacó de sus pensamientos.

–¿Reconoces ya la carretera? –le preguntó.

Nicole miró a su alrededor tratando de encontrar en vano algo que le resultara familiar. Tenía que reconocer que no tenía ni idea de dónde se encontraban. Rigo le indicó un cartel que acababa de aparecer en la distancia. Ella trató de leerlo. Cuando lo consiguió, miró asombrada a su esposo.

–¿Me has traído a L'Annique? –susurró–. Rigo...

–Pensé que sería una bonita tradición que pasemos el día del cumpleaños de Anna aquí todos los años.

–Eres un verdadero romántico, Rigo Marchesi, ¿lo sabías? –le dijo con una sonrisa. Le agarró una mano y se la llevó al rostro para expresarle su amor al poderoso hombre que conducía el vehículo–. Podríamos almorzar en el café de Madame Laurent. No es nada especial, pero yo solía comer allí con regularidad.

–En realidad, tenía otro sitio en mente.

Rigo guio el coche por las estrechas callejuelas hasta llegar a un sendero que a Nicole le resultaba muy familiar. Vio la verja de la que había sido su casa hasta pocos meses atrás y tuvo que contenerse para no gritar de excitación.

Cuando Rigo detuvo el coche bajaron para disfrutar del glorioso sol y del olor familiar de la hierba cortada. Aquel lugar era como un bálsamo para su alma.

–No estoy segura de que la dueña nos permita entrar, pero me alegro de que me hayas traído hasta aquí. Gracias, *amore* –susurró antes de darle un beso en los labios.

–Bueno, yo creo que a la dueña no le importará, aunque en estos momentos parece estar durmiendo –comentó mientras se giraba a mirar el coche–. Sin embargo, puedes preguntárselo cuando se despierte.

Nicole tardó unos instantes en comprender. Entonces, lo miró con incredulidad.

–¿Anna es la dueña? Espera un momento... ¿Has comprado la casa?

–Sí. Es una especie de regalo de cumpleaños para ella. Pensé que podríamos venir a pasar los fines de semana aquí. Así podremos estar juntos sin amas de llaves, chóferes. Probablemente sea un poco extravagante para el primer cumpleaños, pero...

–Es perfecto...

Nicole sacudió la cabeza. Se sentía tan feliz que las lágrimas amenazaban con derramársele por las mejillas. Tragó saliva y abrazó a Rigo.

–Recuerdo el afecto con el que hablabas siempre de este lugar y todos los recuerdos que tienes aquí... Quería devolvértelo, aunque a mí me recuerde una época en la que no formé parte de vuestras vidas. Una época de la que no me siento orgulloso.

–Rigo, tú siempre formaste parte de este lugar. Jamás pasaba un día sin que pensara en ti ni le hablara a Anna de su papá. Siempre pensé que le contaría todo lo referente a ti algún día.

Rigo le tomó el rostro entre las manos.

–No me gusta pensar que estuviste aquí sola, maldiciéndome por haber sido tan idiota y tan testarudo.

Nicole miró a los ojos al hombre que amaba con todo su corazón. Sabía que él aún seguía culpándose por haberse perdido los primeros meses de la vida de su hija.

–Rigo, nuestro pasado está aquí solo para prepararnos para el futuro. Mira lo que tenemos ahora. Mira la familia que hemos construido juntos. Yo por mi parte no cambiaría nada en absoluto.

Rigo sintió que aquellas palabras suavizaban la tensión que sentía en la garganta. Al ver el amor puro que se reflejaba en el rostro de Nicole, la estrechó entre sus brazos y la besó apasionadamente. Tal vez era uno más de los besos que habían compartido desde que eran marido y mujer, pero, al mismo tiempo, era diferente. Con aquel beso se cerraba el pasado, dejando en su estela tan solo aquel glorioso momento. Nicole era suya y siempre lo había sido, desde el momento en el que le agarró la mano en la pista de baile.

Terminó el beso y miró hacia el coche al escuchar un gorjeo muy familiar. Se acercó para tomar a su hija en brazos y colocarle un sombrerito con gran habilidad en la cabeza. Anna le sonrió. Rigo jamás había esperado que su vida familiar pudiera ser tan perfecta. Con su hija en brazos, deseó pasar cada momento de cada día a su lado.

–Feliz cumpleaños, *piccolina.*

Le dio un beso a Anna en la mejilla y con el brazo que le quedaba libre estrechó a su esposa contra su cuerpo. Todo el tiempo que había pasado tratando de conquistar el mundo no significaba nada comparado con abrazar a su mundo en aquellos momentos.

–*Cent'anni* –les susurró a ambas–. Por cien años más.

Esa desatada pasión amenazaba con consumirlos a los dos...

La última vez que Serena de Piero había visto a Luca Fonseca, él terminó en una celda. Desde entonces, el multimillonario brasileño había tenido que luchar para limpiar su reputación, pero nunca la había olvidado. Cuando Luca descubrió que Serena trabajaba en su fundación, su furia se reavivó. Pero Serena había cambiado. Por fin era capaz de manejar su vida y no iba a dejarse intimidar por él. Lidiaría con los castigos que infligiera en ella su nuevo jefe, desde pasar unos días en el Amazonas a la selva social de Río de Janeiro. Pero lo que no podía controlar era la pasión, más ardiente que la furia de Luca.

REENCUENTRO CON SU ENEMIGO

ABBY GREEN

2

¡YA EN TU PUNTO DE VENTA!